ESCOMBROS
E OUTROS PEDAÇOS
DE COISAS NO CHÃO

ES COM BROS

E OUTROS PEDAÇOS DE COISAS NO CHÃO

CAMILA GOBBI

PORTO ALEGRE • SÃO PAULO
2015

Produção cultural: Lynch Gestão Cultural

Conselho editorial
Gustavo Faraon, Julia Dantas e Rodrigo Rosp

Preparação e revisão
Rodrigo Rosp

Capa e projeto gráfico
Humberto Nunes

Foto da autora
Arquivo pessoal

Dados Internacionais de Catalogação na Publicação (CIP)

G574e Gobbi, Camila
Escombros e outros pedaços de coisas no chão / Camila Gobbi. — Porto Alegre : Terceiro Selo, 2015.
144 p. ; 21 cm.

ISBN: 978-85-68076-23-1

1. Literatura Brasileira. 2. Contos Brasileiros.
I. Título.

CDD 869.937

Catalogação na fonte: Ginamara de Oliveira Lima (CRB 10/1204)

Editorial
Av. Augusto Meyer, 163 sala 605
Auxiliadora — Porto Alegre — RS
contato@dublinense.com.br

Comercial
(11) 4329-2676
(51) 3024-0787
comercial@dublinense.com.br

Para minha mãe, que
sempre incentivou minhas paixões.

Para meu pai, de onde
vem minha inclinação para contar coisas.

Para meu irmão, que também
gosta de emocionar pela palavra.

Para Bruno, que sempre
me leu de olhos fechados.

Para Bruna, que conhece
todas as minhas histórias, inventadas e não.

Para Nathália, com quem
divido secretamente uma pétala de sensibilidade.

Para Carolina, que
entende que escrever dói e cura.

ÍNDICE

PARTE TERCEIRA
POUCO MAIS DE DEZ PESSOAS QUE NÃO CONHECI E MORRO DE SAUDADE

QUARTA PARTE
ESCOMBROS

Uma menina encara um bicho de três olhos.

Três olhos para ver o que acontece.

Um encara o olho direito.

Um encara o olho esquerdo.

Um encara o coração.

Corre menina! Corre porque fechar os olhos não é suficiente. Corre porque teu coração é desprotegido e não pisca.

Viver é esconder e expor o globo ocular oculto. Forçar a pálpebra que não existe a te proteger da poeira das coisas.

PARTE PRIMEIRA

AS COISAS QUE EU DISSE PRA MIM

DE QUE ERA FEITA

Era preciso primeiro aceitar-se. Conhecer a matéria de que era feita.

Diziam que tinha carne, podia sentir essa carne, era a parte que lhe tornava humana, o palpável, exposto, doce. Ter carne é uma coisa muito doce. Ao nascer é só o que temos, carne e uma aura divina, um invólucro celeste perfeito, que quebra.

Mais fundamental, estruturalmente, que a carne: os ossos. Diziam também que era feita deles. Uma estrutura rija, polida, imaculada na sua perfeição de ser osso. Adivinhava senti-los quando algo lhe atingia fundo, um vento, um frio, a solidão... Achava que a solidão lhe chegava aos ossos. Mas difícil dizer com plena certeza que era feita deles, pois nunca havia quebrado nenhum, virgem seu esqueleto. A coisa quebrada é a única que se pode realmente conhecer e, por isso, seus ossos lhe eram muito misteriosos: nunca tinha os sentido doer.

Sangue. Sentia qualquer fluido que lhe corria depressa, quente, contrastando com o frio oculto da ossada. Sabia que devia ser demasiado espesso e de coloração viva, sabia ainda antes de o ver pela primeira vez do lado de fora. Era feita de água do mar. Era feita de uma pressa que a tornava muito subliminar.

Era feita de um peso... Alguma coisa que dava forma ao corpo e ao mesmo tempo não tinha forma nenhuma, um peso que sabia ser mais leve que o ar, matéria esvoaçante que lhe punha e tirava do mundo. Era feita de olhos. Quando tomava consciência dos olhos implorava, pedia socorro, avisava sobre os perigos, consentia, amava. — Eu te amo. — tinha que ser entendido antes dela piscar.

Com os lábios sorria, mas não era feita da boca, a boca só estava ali respondendo aos impulsos do que era. Os dentes sim. Era feita deles. Quando queria, com a ajuda dos lábios sempre tão obedientes, os revelava: retos, brancos, alinhados, e todos saberiam que estava feliz. Mas com a boca bem fechada podia com os dentes destruir as coisas, reduzi-las, ou fazer sangrar a carne das bochechas, e numa alegria de coisa escondida ainda poderia ao mesmo tempo sorrir com os lábios cerrados, ninguém saberia o que se passava por dentro.

Ouvia os outros dizerem que viemos do e voltaremos ao pó, disso ainda não queria saber, mas sabia que era feita daquele pó. Feita de poeira em movimento. Não aquela que se acumula nos cantos, que se camufla no chão, mas daquela que rebrilha quando entra debaixo de um raio de sol.

Era timidamente feita de uma gana. Uma força contida guardada em algum espaço, pulsante, mas às vezes esquecida. Quando liberava a gana gritava, batia no peito e queria viver, os joelhos raspados, sangue no canto da boca — eu quero viver! E podia atravessar o deserto, sedenta, exausta, mas implacável.

Às vezes era feita de uma bola na garganta, só de vez em quando, mas quando essa vez chegava lhe tomava por completo e o corpo todo adoecia. Cólera, os olhos ficavam em chamas melancólicas e era estranho como uma sensação tão desprezível a fazia sentir tão viva. O que a provocava? Quem foi o responsável? E sentia vergonha.

Ela era feita de uma dor nas costas. Coisa banal. Uma dor que se irradiava pelo corpo todo se lhe dispusesse muita atenção. Então achava que ia morrer, um desespero, e era tão jovem ainda. Horrível morrer assim, de uma dor nas costas anônima, punha-se a contar os dedos como distração, um, dois, três, quatro, cinco...

Ela era feita da sua própria criança. Encarnava as memórias passadas, alimentava-se delas como quem come frutas. Tinha tanta saudade — que saudade sinto de mim! Era feita de outras gentes, como toda gente é. Uma das pernas sustentava o corpo de força própria, a outra precisava do amor alheio, era certo isso? Talvez não, mas não sentia vergonha. Porque gostava de doar sustentação ao outro também. Tantos mancos por aí, ficava na dúvida: ser coxo acostuma, mas dói. Ou: ser coxo dói, mas acostuma.

E nesse processo de se aceitar, lembrando que é este o propósito, talvez não se possa pensar muito. Tem de se sentir os lampejos do que se é, do que estava lá o tempo todo e do que acabou sendo. E daí inventar os formatos, os contornos ou a falta deles, esse é um aviso pra mim mesma.

Era feita de uma camada protetora, angular, hermeticamente fechada com os buraquinhos para se respirar. Toda de vidro. Batia por muito a testa na barreira transparente, mas a pouca distância amenizava a intensidade da colisão, fazendo-a relevar os acidentes. — Não foi nada, não foi nada — Mas no fundo sabia que o vidro já tinha trincado, algum dia talvez acertasse o ponto fraco com o punho, as nódoas dos dedos machucadas, mas, por fim, a liberdade. Mais liberdade do que ela é capaz de suportar agora, algum dia talvez...

Era composta por um elemento estranho. O corpo estranho. Que se revelava em contato com o exterior, enquanto hibernava dentro dela sentia como algo especial, uma coisa pra ser única. Mas essa estranheza era tão mal compreendida pelos outros... Todo elemento ímpar tende a sofrer do mesmo processo quando exposto ao mundo, primeiro o dito estranhamento, que acaba por pender na direção da admiração. Mas quando aprofundado incomoda, é por demais incompatível para sofrer qualquer fusão ou abstração possível, rejeitado e ferido volta a hibernar, se o dono tiver consciência suficiente, pra sempre. É um filho do defeito com a mais crua verdade.

Certa vez ouviu que um pássaro que era atingido no ar tinha milésimos de segundo para decidir, sim, decidir, se batia as asas mais um par de vezes ou se se deixava cair, a ela faltava esse bater de asas a mais.

Era feita de um momento sublime. Impossível descrevê-lo. Estado de glória. Esporádico, mas presente, impulso de riso não calculado. A tão querida paz, aquilo que faz aceitar a morte, aquilo que faz aceitar a vida.

Era feita de prazeres mundanos, de futilidades, de trivialidades, de humanices bem medidas. Aprendera a ser pontual e ansiosa, despontou-lhe no estômago aquele suco cítrico de quem esperava demais. Mas conseguia também não se importar, o engraçado é que não sabia que conseguia, o que a tornava displicência ingênua.

Podia sentir algumas vezes quando deixava um tanto de se ser, continuava caminhando, olhava para trás — deixei cair! — um rápido momento de indecisão, hesitava — não sei se volto pra me juntar — prosseguia. Por vezes só sentia falta do que tinha sido a esquinas e esquinas de distância.

O fato é que era feita e desfeita a todo tempo, não como um bordado que nunca fica pronto, era mais como um tecido remendado, era preciso aceitar isso também. Um trabalho minucioso esse de viver, artesanato cíclico, mas que quando dá a volta toda não chega no mesmo lugar.

A JANELA ERA A SAÍDA

— Deixe a parte comprida da coberta pro lado da janela — minha mãe dizia. — É que o importante era as visitas não verem. Uma cama deve pelo menos aparentar que está bem arrumada, pelo menos isso.

Eu tinha tantas coisas pra perguntar, por que então a colcha era tão comprida? Ou até mesmo, qual o problema de deixar que escapasse por debaixo da colcha um ou dois palmos de coberta descoberta? Mas não as fazia. Sempre punha desniveladamente pendendo para a esquerda a coberta anormalmente maior que a cama, de modo que quem espiasse pela porta teria a impressão de um quarto muito bem arrumado.

Para quem passava distraidamente o olhar pela cena era perfeito. Para quem se colocava de pé junto à porta a estudar as coisas por médios dez segundos era muito bom. Se a pessoa entrasse no quarto eu já me punha em situação de alerta e, numa dança desajeitada à moda do desespero, conduzia meu par até a saída. Que foi que aquele apêndice de coberta fez comigo?

Entrei em uma fissura de trancar o quarto quando não estava em casa, levava a chave presa a um cordão que me pendia no peito. Um dia já estava exausta e com uma tesoura pensei em resolver meu problema. Agora me diga: desde quando cortar um problema realmente o mata? Foi naquele documentário sobre ataques de tubarão que ouvi que quem perde um membro ainda o sente. Problemas são estrelas do mar. A gente corta um pedaço e nasce um novo ainda mais perfeito.

Eu precisava de uma solução, a evolução do caos desenvolve-se lentamente e desemboca no absurdo inevitável. Não cabia mais no mundo eu e a cama de coberta assimétrica. Se quem entrava pela porta era ludibriado pela ilusão de serena harmonia, o lado torto era o da janela. Pela janela ninguém entrava. Estava aí a solução. A porta era feita para entradas. A janela era a saída.

PRA SE DERRAMAR

O perigo começa quando você baixa as mãos e suspira. Exatamente nesse momento. Porque seus gestos denunciam a sua falta de motivação, deixar despencar os braços que repousarão falsamente no colo. Muito delicado esse momento de renúncia. Bom é esfregar as mãos, uma certa agitação e não saber o que fazer com elas é sempre um estranhamente bom sinal. A respiração é a última carta, e se fosse uma, seria rainha e de copas. É que na hora do suspiro o mundo inteiro entra, sufoca e vaza. Não sobra nada pra ser soprado, fica momento sem vento, e as mãos no regaço: blá. Agora, na exata hora das mãos sôfregas, vem a respiração cheia. Cheia de descompassos, de ir fundo e voltar úmida, respiração de quem encontrou lá dentro o lago certo pra se derramar.

SAL NA FERIDA

Sempre senti um fascínio louco por praia. Quando criança, minha contagem regressiva começava lá pelo trigésimo dia: 30, 29, 28... Falta muito? Tudo registrado ansiosamente no meu diário de quem tem seis anos. Na metade da ida, eu abria a janela do carro e dizia que já podia sentir o cheiro do mar. Cresceu comigo o encantamento. Fui entendendo que era como se aquele fosse o único lugar compatível às expectativas de beleza que eu tinha por dentro. Um tapete de areia infinito, um teto de céu azul, a água, a espuma e todo mundo descalço. É que as pessoas buscam sentir essa embriaguez, essa vertigem, qualquer coisa que as faça sentir maravilhadas.

Teve esse dia, anos atrás, voltávamos do almoço e eu preferi ir pela beira da praia, pisando na areia quente do meio-dia. Lembro que usava uma saia verde rodada um pouco abaixo dos joelhos e corria por entre a espuma em que culmina o cansaço das ondas, pisando mais forte quando vinha a água pra sentir a barra da saia lavada e a perna pesada daquele sal lúcido. Talvez estivesse desafiando a paisagem, meus olhos tentavam feito loucos captar a totalidade do cenário, mas era beleza demais. Beleza que feria todos os meus sentidos, porque até felicidade demais machuca. Já exausta me senti engolida e satisfeita, era o que eu queria. Desmanchar. Todo momento de plenitude passado parece nunca ter existido. Caí de joelhos, senti o rosto molhar, a luz imortal do sol por trás dos olhos, e fiquei lá. Pra sempre.

UM ANEL

Quando eu entrei no antiquário primeiro achei tudo muito bonito. Como se deve achar. Um cheiro antigo misturado com uma lembrança, eu já disse pra eles: todo cheiro é uma lembrança, passada ou inventada. Pois bem, tinha sim esse cheiro já sabido e sentido no ar, e as coisas eram tantas que os olhos não alcançavam.

Eu tinha um pouco de pressa, não sei explicar que é que me aflige nessas horas, tenho vontade de sair dos lugares e nada tem a ver com eu não estar gostando de lá estar... É outra coisa que eu não sei bem o quê. Mas a minha amiga não tem essa pressa, ela gosta de ver as coisas e se demora nelas, ela tem uma curiosidade admirável. Por isso fomos entrando, se não fosse por ela eu não teria vencido nem o primeiro recinto, mas na sua curiosidade bem decidida ela perguntou à atendente: "Tem mais coisa lá nos fundos?". E tinha.

Passamos por um corredor escuro, que eu adivinhava ter muitos objetos nas prateleiras, mas deduzo que julgadas desnecessárias aos olhos e as vendas porque a atendente não se preocupou em acender as luzes. Nos fundos tinha sim, muitas coisas e outra atendente, que estava sentada e indiferente à nossa presença. Uma televisão ligada revelava que ela assistia a algum filme americano de ação, duvido que ela confesse aos amigos que gosta do gênero.

Foi então que tive minha primeira revelação, naquela segunda e mais secreta sala, sala reservada aos curiosos. Meu primeiro pensamento foi imaginar em câmera lenta todos os objetos ali contidos explodindo ao som de uma valsa epifânica. Aposto que ia acabar com a indiferença da segunda atendente. Tantas coisas de vidro, tantas que deviam valer muito dinheiro, tudo explodindo de dentro pra fora, esmigalhando o sólido, atirando contra o ar os pedaços do que eram contra os rostos vivos de quem ali estivesse. Antes que eu pudesse sentir o corte do pedaço da explosão que nunca existiu, voltei a mim. Tudo continuava no lugar, a primeira atendente sêmi a postos, semissimpática e sêmi de pé à minha esquerda, a segunda atendente na sua não justificada, porém compreensível, não presença, minha amiga curiosa já num canto da loja que eu nem tinha tomado por existente até então.

Ela estava vendo uma coleção antiga de acessórios. Brincos, colares, pulseiras, que pareciam ter pertencido a mulheres que muito foram amadas. Era inegável a história por trás daqueles adornos femininos, inegável. Desfez minha ideia de explosão por completo, me fez pensar em construção.

Pus um dos anéis no dedo, tão frágil o anel, tão meu o meu dedo, e quis muito aquele pedaço de beleza que tinha recém-descoberto no meio de uma não esperada revelação. Minha amiga que sabe muito ter voz ativa perguntou quanto custava a peça. A atendente respondeu que não sabia, só o pai poderia dizer, uma vez que por ser um acessório de prata o preço só se revelava sabido o peso da peça.

Aquele anel pra mim tinha o peso de uma história, de outros e minha. O pai não estava. Meu anel não tinha preço. Eu sempre soube que não tinha. Antes de sairmos minha amiga ainda pôs um broche em formato de borboleta em minhas mãos, tentei maliciosamente testar meu cérebro e fiz certa força para imaginar o adereço explodindo, mas não. No máximo o vi sair voando da minha mão, alçando voo breve, mas inquestionável, e transformando-se em pó dourado pouco acima da minha cabeça, num desaparecimento de sonho.

Meses mais tarde eu compraria outro anel, parecido de certa forma com esse primeiro que me fez querer eternizar qualquer coisa. O compraria numa feira de coisas usadas, foi minha amiga quem o viu: Olha, um anel como aquele que tu queria! Comprei o anel, alguns vestidos e naquela tarde fomos à praia. Perderia e reencontraria esse anel algumas vezes, debaixo do sofá, na banheira, em meio aos lençóis, para finalmente guardar em uma gaveta, a salvo do meu dedo tão mortal.

Despedimo-nos com educação das duas atendentes. Antes de ganhar a rua eu ainda tinha muito viva a ideia de ter aquele anel para sempre em meu dedo. Significava alguma coisa, você entende? Eu podia senti-lo na mão, no talo do anelar, um pedaço de coisa muito bonita para ter toda a vida até se desvendar o significado.

Cruzei a porta de saída e acredito, mas já não lembro com exatidão, de ter comentado com minha amiga qualquer coisa sobre ter gostado muito do anel, mais alguns passos enquanto ganhávamos a rua e eu sentia que ele sumia do meu dedo, não posso dizer ao certo, porque assim são todas as coisas repentinas, mas em certo momento, já inconsciente da sua inventada existência, senti-o explodir de mim e desfazer-se no ar.

O CAMINHO MAIS CURTO

— Estou bem, estou bem, estou bem — afirmando assim em voz alta pensariam exatamente que não estava. — Não ligo — disse em voz alta também. Já cruzava a rua de paralelepípedo na diagonal, o caminho mais curto para chegar à esquina, olhou — também curto — e fundo nos olhos de uma senhora que não entendeu: — Estou bem.

Foi chegando em casa. — Maravilhoso se sentir assim normal, nada de ruim, nada de ótimo, estou bem. Me sinto mergulhada até a boca. Água quente e imaginária subindo, vai afogar? Não, não é dia pra afogamentos, vai só até a boca, o nariz respira, o olho enxerga, o ouvido ouve. Não preciso dizer nada, o caminho mais curto, o silêncio.

Sou um sachê de chá nesse dia que não significa nada. Que bom não sentir o significado das coisas. Que bom não esperar pelo próximo minuto na promessa do seu sucesso. Mil quatrocentos e quarenta chances de sucesso por dia. E eu aqui, às quinze horas e vinte e dois minutos, minuto aleatório, na minha banheira-buraco-negro, longe do sucesso e do fracasso do tempo, o caminho mais curto, a imersão.

— O que é que pode destampar o ralo a qualquer momento? Já virou o minuto que agora é passado e eu começo a sentir a ansiedade do agora. O agora quando chega vira blusa, a gente veste e o corpo reconhece, mas algo sempre está por vir, e vem vindo manso demais. Estou média, estou média, estou média. — Uma tristeza admitir, mas precisava ser dito. Fez certa força para lembrar do sentimento que recém lhe escorrera. — A gente até consegue porque toda sensação se aprende, mas não é a mesma coisa, já foi trocada a roupa. Uma metáfora de vestuário: comecei o momento de blusão, macio e morno, chegou o depois e me pôs um vestido, eu lembro de como é sentir o corpo aquecido, mas o vento bate no agora, roda minha saia e arrepia minha pele num presente frio demais pra ser negado. Estou só, estou só, estou só — disse numa voz de sonho que saiu de dentro da cabeça, esqueceu de pensar e distraiu-se com o sono, o caminho mais curto, a inconsciência.

No sonho, abraçava uma rajada de vento e rodava, já era verão e cantava alto uma música de duas palavras que ressoaram feito eco quando o sono breve começou a se desfazer. O eco da música a puxava de volta, as duas palavras transformadas em uma, as oito letras transformadas na última sílaba, e despertou com o sussurro que vinha de dentro pra fora: bem, bem, bem...

ESCREVER UMA HISTÓRIA NA FILA DO BANCO

Regras:

1. Mantê-la simples.
2. Mais ações do que reflexões.

É isso.

Entra um homem. Passa pela porta giratória que não bipa. Careca, alto, camisa azul. Senta ao meu lado e eu protejo meus escritos. Pergunta-me se eu também vou falar com a gerente. Simpaticamente eu nego, porque sou simpática.

Entra uma mulher que não me olha. Mais bonita que eu, veste um vestido preto longo com uma fenda e eu me pergunto quem se veste assim em plena luz do dia. Ela tem uma arma na bolsa.

O homem de camisa azul pigarreia — eu mencionei que ele vestia uma camisa azul? — e por estar sentado à minha esquerda, agora eu temo que ele tenha acesso visual ao que escrevo.

A mulher ruiva de preto, ser ruiva é uma informação nova, aborda a mulher do caixa e diz lentamente: Isto é um assalto.

O homem careca cruza os braços, coça o olho e bate agora os pés no chão compassadamente. Eu acho que ele toca bateria.

A mulher de preto dá um tiro pro alto. Todo mundo no chão! Tira uma faca da cinta amarrada na coxa desnuda pela fenda e diz: Não gosto de matar com armas. Rasga a garganta da atendente num só golpe, manchando o dinheiro de sangue.

O homem ao meu lado permanece exatamente como da última vez que o descrevi. Continuo paranoica achando que ele tenta ler o que escrevo. Começo a ficar com medo de ele ser um policial.

A encantadora assaltante de banco enche a bolsa de verniz preto com dinheiro, sua ação é muito natural. Para por um instante e retira da mesma cinta da perna um espelhinho e um batom. Semissorri para o reflexo.

Agora eu tenho certeza de que o homem de azul está lendo meus escritos, não temos muito tempo. Largo a caneta, encaro a ruiva e grito: Corre!

Bipa o painel, é a minha senha.

O OVO DE NOVO

— Eu quero escrever um diálogo.
— Mas tu não sabe escrever.
— Quero começar, me diz aí um tema.
— Regressão.
— O que tu quer dizer com regressão?
— A escritora é tu. Ou é pra ser. Olha o ovo que eu fiz.
— Vou escrever sobre o ovo.
— ...
— Dizer que é a coisa mais antiga em termos de nascimento. A grande metáfora de quebrar a casca do ovo pra chegar ao mundo. Vou escrever que os mamíferos são bichos que quebram a casca muito depois de terem nascido. Será que eu já saí do meu ovo, amor?
— Quê?
— A casca, eu já quebrei a casca?
— Quer frito ou cozido?
— Do jeito que melhor destruir a superfície.

DUAS DE CIRCO

À borda da corda

A cadeira é bamba. E eu também. Estou num bar sentada em uma cadeira que pode me derrubar a qualquer momento, pensando: as pessoas dizem estar na corda bamba e eu acabo achando graça, quem é que as pôs lá? Em corda bamba a gente sobe sozinho. Mas não. Eu não. Eu sou corda bamba. A corda só estremece quando lhe adicionam um segundo corpo. Põe-se trêmula, vacilante, viva demais, colocando em risco a vida alheia. À corda o que é que pode acontecer? O medo maior não é o da queda. É o de chacoalhar, chacoalhar tanto que se possa esquecer como se era antes. Corda bamba, sim. Presa nas extremidades, mas livre — muito livre — no percurso. Nascer e morrer são os pontos zero e infinito, firmes, absolutos. O que acontece no meio, a vida, é pura arte circense.

E se for o circo?

— Se for o circo eu posso ir na janela pra ver? Se for o circo eu posso fugir com eles?

— Se for, pode.

Porque no circo é bonito ser palhaço, equilibrista não tem medo. Me deixa perder um tempão aprendendo a fazer malabares. Me deixa domar leão. Se eu domar um leão não ganho medalha, mas ganho minha vida.

Me deixa cair sem rede que daí a morte é mais eterna.

Quando eu anunciar ao respeitável público que minha vida é o maior espetáculo da terra, todos vão saber que é falso o meu bigode.

ALMOÇO DE FAMÍLIA

Tem qualquer coisa que a gente ama e odeia em almoços de família. Sentada no banco de trás do carro eu olhava pela janela pensando que os domingos de sol eram um tipo de compensação climática pela monotonia do dia. Meu irmão ia sentado à minha direita, e adivinho que ele pensava qualquer coisa parecida. Chegamos. Almoço de família em domingo de sol. Cheguei e cumprimentei minha mãe, que estava muito bonita na flor dos seus vinte anos, ela me abraçou ansiosa e me observava nos menores detalhes, tenho certeza que pensava: será que somos parecidas? Meu pai de quando eu era recém-nascida estava sentado em uma das mesas sorrindo para as pessoas, bebia um copo grande de coca-cola, porque na época ainda não tinha problemas com sua glicose. No meio de toda aquela gente que éramos apenas nós quatro tentava me encontrar e não conseguia, nenhuma de mim. Fui perguntar se a minha mãe de hoje tinha me visto por aí, me disse que ainda não e saiu muito alegre para pegar meu irmão de dois anos no colo, acho que sentia saudade de ter um bebê. Foi quando ouvi meu irmão de hoje me chamando na porta, ele, com os olhos cheios de lágrimas, abraçava uma pequena menina de canelas finas e laço branco enorme nos cabelos lisos, me disse: olha, é a mãe! Abaixei na altura dela e sorri um sorriso que só a minha mãe aos seis anos entenderia. Um grupo grande formado pelo meu pai de todas as idades falava alto e ria perto do bar, tinham muita história pra contar, pra lembrar. Meus pais namorados em um canto. Meu pai criança jogando futebol com meu pai de quarenta e dois. Foi quando eu vi, lá fora, uma menina loirinha que me comia com os olhos grandes e graves. Foi chegando perto de mim, me olhou bem no fundo dos olhos. Reconheceu-se. Pude ficar ali parada, observando, enquanto eu corria e sumia no jardim.

SOBRE ALGUMAS (TRÊS) COISAS

Sobre acordar

Acordo de um sonho e fico na dúvida: foi sonho bom ou sonho ruim? Sempre me sobram na boca os vestígios do inconsciente, mas desta vez não lhes descobri o gosto. Decidi que tinha sido sonho bom. Tenho essa mania de dormir de janela aberta no verão, "deixar a noite entrar", dá pra sentir na pele o manto espesso da escuridão e adormecer assim, tranquila. Mas quando amanhece, o sol me atinge em cheio. E eu, à flor da pele que sou, sinto o susto nascer na raiz da garganta e acordo de sobressalto pensando: foi sonho bom ou sonho ruim? Decidi fechar a janela e voltar pra cama, era muito cedo e eu estava de férias. Deitei e me espreguicei sorrindo, senti os lençóis como um rio que fluía, curto e infinito, acredito ter dito a mim mesma: sou uma princesa tomando banho num rio. Quão bobos somos ao acordar. E então parece que se quebra o momento aéreo, caímos definitivamente pra um dos lados da linha que corta o consciente do seu gêmeo esquizofrênico, me ataca uma lembrança do dia anterior, ataca reto na boca a secura. Sinto uma culpa pré-concebida de quem não lembra ao certo o que fez. Fico na dúvida: foi coisa boa ou coisa ruim? Em poucos minutos eu vou lembrar e daí já não posso decidir sozinha.

Sobre o tempo

Uma história para ilustrar:

Tinha herdado do bisavô um relógio de bolso que usava preso a uma corrente pendurada no pescoço. Sentia-se a herdeira original quando na verdade o tinha roubado da mãe. Como alguém que não entende o tempo pode merecer um relógio? A mãe só sabia que vinte e quatro horas formavam um dia, que sete desses eram uma semana, que quatro semanas eram um mês e que já tinha mais de cinquenta anos.

Buscava naquele relógio qualquer coisa maravilhosa. Sabia que ela existia. Homenzinhos minúsculos trabalhando nas engrenagens. Levava os segredos e o peso do tempo no peito.

Por que o barulho? Nunca conhecera na vida um relógio silencioso sequer, salvo os digitais que entravam em outra categoria: a dos relógios que não a interessavam. Todos os relógios do mundo marcando compasso. Ficam berrando sutis que já é hora, que já foi o tempo. Dá pra entrar em desespero, mas só se prestar muita atenção.

Sempre imaginou uma loja de relógios, daquelas dos filmes, cheia deles pelas paredes, pelos balcões, pulsos, atrás dos olhos. Tão bonita e desesperadora. Às vezes se sentia desesperada.

Foi ainda criança que perguntou à mãe para que eles serviam.

— Para ver as horas.

Não era o suficiente. Como assim?

— Para saber quanto tempo passou, quanto tempo está por vir.

Então o tempo que estava por vir era marcado pelo caminho que os ponteiros ainda precisavam percorrer? Será que era isso? E se a gente voltasse os ponteiros? Também voltaria a sentir o que sentiu?

— Não.

Não era assim.

Cresceu maravilhada pelo objetivo que representava aquilo que ela não entendia.

Tinha um sonho de infância recorrente: estava pendurada no ponteiro das horas de um relógio gigante. Mas o ponteiro gigante, na verdade, era de um relógio de pulso, que estava no braço de alguém preso ao ponteiro das horas de um relógio gigante, e esse, por sua vez, era o relógio de pulso que ela tinha no braço que pendia, porque o outro braço segurava-se no ponteiro das horas de um relógio gigante.

Aprendeu a ver as horas na escola. Achou estranho aquilo porque achava que já sabia as enxergar naturalmente, se as horas marcam o que acontece e o que acontece é aquilo que é a gente viu ou ouviu alguém contar... Pois bem, foi aprender a ver as horas.

— Dentro das horas moram os minutos — foi o que disse a professora.

— E quem mora dentro dos minutos?

— Os segundos.

— E dentro dos segundos?

— Milésimos de segundo.

— E qual a menor distância entre um momento e outro?

Não era assim.

Tentou imaginar o mundo sem tempo. Mas e ele tinha? Tinha. Quem botou lá? Ninguém. Era mais uma das coisas que surgiram e foram se transformando de acordo com a necessidade. De quem? Da humanidade. Ah, tá. Antes dos humanos então não tinha tempo?

— Antes dos humanos não tinha nada, só Deus — foi o que disse o padre.

Existe tempo pra Deus?

Agora está parada em uma estação de trem. Uma mala nas mãos, um vestido cinza e o relógio do bisavô pendendo no peito. Queria fugir para algum lugar onde o tempo não existisse, na lua não tem gente, quem sabe?

Ao ver a moça parada no meio da madrugada sozinha na estação o funcionário aproximou-se, estava perdida?

— Vou pegar o trem.

— Hoje não tem mais trem.

Teria ela perdido a hora?

Achava que sim.

Sobre a pressa

Eu tinha chegado apressada. Numa pressa toda sem justificativas, porque era o início do meu fim de dia, naquela pressa estranha, embebida de ansiedade, que te põe tremendo um olho só num domingo à noite.

Rasguei a entrada de casa como se não existisse sala ou corredor, num desses inocentes saltos cotidianos que matematicamente nos fazem perder um terço de vida. Joguei a bolsa em cima da cama, troquei de roupa, prendi o cabelo com quase certa fúria e fui pondo as coisas pra fora da bolsa.

Tirei celular, chave, umas moedas, um batom, e senti uma coisa gelada. Na minha ânsia de ser gente ocupada já fui ficando com nojo, era um papel molhado? Alguma coisa que sem querer tinha deixado cair ali dentro? Puxei pra fora num golpe só o que se revelou ser uma rosa.

Eu tinha uma flor dentro da bolsa. Murcha. Porque as rosas respeitam a lei da intensidade das coisas vivas: exalam beleza intensa, depois morrem.

Parei a pressa. Estanquei a ânsia. Acalmei a alma. Sentei na cama. Desabrochei junto com o último fio de perfume, lembrei quem era e respirei em paz.

E PÔS NA GARRAFA

Escreveu o que sentia em um papel. Enrolou a carta decidida, porém delicadamente, e enfiou, já não mais tão delicada, na garrafa. Sempre tinha uma rolha na gaveta de cabeceira, das noites de vinho. Fechou. Tapou. Trancou. Prendeu. Cerrou. Bloqueou. Obstruiu. Vedou. Mas não tinha mar ali, mar nenhum pra garrafa navegar. Tinha o papel, tinha a rolha, tinha os sentimentos, mas e a água toda, cadê? De que me vale um pedido de socorro secreto?, pensou.

Saiu por aí pra encontrar uma corrente fluida que pudesse levar pra longe, pra algum ninguém, aquilo que velejava nas águas que tinha por dentro. Mas tudo era só pó. Caminhou por dias. Os olhos fitavam o horizonte que não existia, tinha que chegar, tinha que chegar. A garrafa presa aos dedos da mão direita, pressionada contra o peito. O vidro prestes a trincar. Se tentasse agora, choraria poeira.

Precisava da água. Por favor, me chovam, afoguem, alaguem, me inundem. Levem o que não é meu, lavem o que é. No fundo tinha uma esperança secreta de que alguém na outra margem da miragem encontrasse a garrafa e viesse até ela sorrindo, correndo: Eu sei, juro que sei! Eu entendo! Vem aqui comigo e tudo vai ficar tão bem. Percorreu o mundo todo. Já exausta, sentou logo ali adiante, não tinha mar, não tinha margem, não tinha nada. Destampou a garrafa, vencida. Fracassara em sua missão. Teve saudade.

E ao retirar a rolha e virar a garrafa, não tinha palavra, não tinha sentimento, não tinha papel. A garrafa estava cheia d'água. E ela bebeu, e transbordou nas terras, e afogou as secas, e encheu um mar que foi navegável por garrafas e gentes pra sempre.

DESAPARECIDOS

Me deparo com aqueles cartazes de pessoas desaparecidas e não entendo. Ronda os rostos uma atmosfera fantasmagórica de quem talvez nunca existiu. Foram sonho. E eu que nunca conheci nenhum deles por um momento me encho de saudade, sinto por aqueles que sentem. Ficam pairando no ar os restos físicos holográficos de quem saiu pra comprar pão, cigarro, um real em balas e não voltou. Viram poeira viva. E deixam os seus com a maior e mais dolorida das dúvidas sufocada por trás dos olhos. Vai voltar? Pouco se fala, mas muito se pensa em... Melhor nem dizer. Parece que se não pronunciada dá sorte. Sorte de estar vivo, como todos temos. É que a dúvida mata aos poucos, um pouquinho por dia. Mata quando acorda, mata depois do almoço, mata de novo antes de dormir. Mas lá pelas cinco da tarde dá esperança, e se...? Na hora do sol poente tudo na terra ganha um punhado extra de luz.

Outro dia vi um desaparecido na beira de um penhasco. Não vi seu rosto, mas adivinho que não estava triste. Com um impulso de bailarino saltou no abismo e desapareceu no ar.

OU AQUILO QUE RESTAR

Descobriu que não valia a pena desvendar os mistérios dos homens. Nenhum homem quer ser desvendado, querem encontrar um ninho, um colo pra deitarem as cabeças, pra saberem poder deixar esse ninho na hora que convém voar. Pois bem, e quem assim não quer? Eu sou mulher. Meio ninho, meio pássaro.

Os homens que tanto escrevem as mulheres. Suas nudezas e encantos, ou seus ouvidos, às vezes mulheres são ouvidos. As mulheres são seus próprios seios e as lágrimas que por eles correm, tudo tão bonito, o sofrimento da mulher é erótico. E eles, acima disso.

Esses homens inatingíveis, órfãos e ao mesmo tempo tão cheios de si. Esses homens que eu amei, que disseram ou calaram me amar, esses homens que nunca me amaram. — O que é que você quer? — me perguntariam os mais sensíveis. — Eu quero aquilo que tu não sabe que pode me dar. — E se caísse do céu, se despencasse de Vênus uma mulher que batesse na terra e ferida, porém inteira, no mesmo pó que tu te encontra, dissesse:

...

Não. De Vênus não. Que viesse talvez de Saturno, ou de qualquer lugar ainda não reconhecido, que não fosse ela mesma reconhecida como a mulher que conhecemos e que dissesse:

...

Talvez essa mulher não precise dizer nada. Talvez de olhos fechados viesse caminhando em direção ao outro e se de tanta sofreguidão e pó se rendessem ao impulso primitivo de se dar...

Quando tudo estiver no chão e já for terra e mais nada, quando pulsar a matéria-prima que os compõe e eu puder te reconhecer como imagem e semelhança, quando...

Se desfaz a carne, se mistura a argila, se compreende o espírito ou aquilo que restar.

FUNCIONAVA TAMBÉM

Quis tirar os óculos escuros e encarar o clarão da manhã. Os olhos muito sensíveis lacrimejaram e ela sorriu. Queria chorar de uma emoção que viesse de fora pra dentro. Também funcionava cortando cebolas.

PARTE ENTRE A PRIMEIRA E A SEGUNDA

UMA PAUSA. SÓ UMA LISTA

UMA LISTA

Pedrinhas da beira da praia sempre ficam mais bonitas debaixo d'água

Caranguejo que se debate cozinha mais rápido na panela

Amor não realizado seria perfeito se não doesse de um jeito esquisito

Cheiro de alho demora dias pra sair das mãos

Inveja é uma coisa pra se envergonhar

Ainda não descobri se vontade de se dar é natural, carência ou tédio

Todo mundo quer ser amado

Sobre a afirmativa acima: quase ninguém sabe ser

O tempo não tem piedade

Aquele choro que te faz ter arrepios antes das lágrimas descerem é amor. Ou frio

Quando um cachorro te sente triste vem pra perto

Quando um gato te sente triste vai pra longe. Eu não culpo o gato

Gente que não vai até a sacada não é confiável

Ambição cura medo; medo cura tristeza; tristeza cura tédio
Dormir na banheira dá nostalgia morna
A dor de corte com faca doméstica acostuma
Só dorme quem está em paz
Gatos não gostam de violinos
A luz do poste que ilumina a rua de noite não é a mesma que entra pelas frestas da janela no quarto
O corpo perde a forma quando suspenso
Problemas com dinheiro só dão gastrite
Cigarro e café são melhor ideia antes do consumo
Não fazer as unhas não mata ninguém
Pressa mata
Ser jovem é uma urgência
"Torpor" devia significar: cheio de alguma coisa
Listas organizam mentes desorganizadas
Lista bonita é feita de passado
Lista feia é feita de presente
Lista pela metade é feita de futuro
As quartas te ancoram numa nuvem de chuva
Ir pra cama com uma dúvida dá pesadelo
Quase todo cheiro é uma lembrança
A solidão é um tapa na cara
Criança mente com verdade
Todo mundo é a pessoa mais importante do mundo pra alguém
Esta lista vai acabar suspensa
A ponta do lençol é um carinho
Areia é a poeira do mundo
Os anjos têm expressões que eu não entendo
Texto longo dá preguiça
Ser simples ficou pra amanhã

EU TOMAVA BANHO NA BANHEIRA TODOS OS DIAS NA MINHA CASA EM PORTUGAL

SEGUNDA BREVE PARTE

É AQUI QUE ESTAMOS

A banheira sempre fora pequena demais para os dois. Na verdade, já era pequena para ela, que tinha longas pernas e seios pequenos ambos expostos quando imersa em seu banho diário.

Os cabelos molhados, os dele muito pretos caídos na testa, o som da respiração dela ecoando na latrina. Ele tinha os olhos semicerrados e acho que fumava um cigarro, — Você é linda, coelha. — As palavras tiraram-na do meio sonho em que estava, olhou-o com força. Procurava no fundo dos seus olhos encontrar alguma coisa que a lembrasse de quem era. — Lembra de quando a gente se amava? — Ela não disse em voz alta, mas ele ouviu e desviou o olhar.

Ela queria tanto machucá-lo. Queria entrelaçar as mãos em sua nuca, dedos entre cabelos, e mergulhar sua face na água com toda força e assisti-lo agonizar, se debater, e depois puxá-lo de volta, deitá-lo em seu peito, — Acorda meu amor! Acorda... — Afundou até o queixo, as pernas inteiramente fora d'água apoiadas no ombro dele.

Existiu um tempo em que qualquer aproximação de seus corpos a fazia perder a força das pernas, existiu um tempo que não existe agora, onde gostava de apoiar o nariz no ombro dele só pra sentir o cheiro da sua pele. Não pôde suportar o toque, agora que tudo era tão diferente, o que é diferente? Tudo.

Recolheu as pernas, o quão mais submersas estivessem, mais salvas do mundo. Estendeu o braço para fora e alcançou a garrafa de vinho, bebeu. Começou a chorar. Ele inclinou o corpo na sua direção, fez mover todas as águas, pegou a cabeça dela com as duas mãos e com o que parecia todo o seu esforço de esboçar vida tentou fitar-lhe com o que restava de amor por dentro.

Era o que a deixava mortificada, ainda sentiam amor, era por isso que conseguia odiá-lo tão profundamente. Assim, a poucos centímetros do rosto dele, podia analisá-lo: a boca, ainda tinha vontade de beijá-lo, mas sabia que não podia. O nariz comprido com uma gota a percorrer-lhe, os olhos pretos com uma quantidade imensa de cílios, as sobrancelhas grossas... Começou a odiá-las, afastou o rosto. — Eu te odeio. — As palavras caíram da boca dela um tanto baixas, mas quando procurou o olhar dele de volta encontrou suas pálpebras cerradas. Parecia estar dormindo.

A primeira vez que o vira dormindo quis morrer de tanto amor, queria guardá-lo todo em seu peito, — Eu te amo, eu te amo, eu te amo tanto... — E ele tinha aquele sorriso, aquele sorriso de quem não sofre, os tantos cabelos muito pretos sacudindo no vento, passava a mão de um jeito meio cinematográfico para tirá-los da testa e sorria, lindo.

Era de uma beleza imaculada, alguns anos mais novo que ela e tinha aquela aura... Aquela graça, um pulsar de juventude tão aparente, ele era um anjo. Não se lembrava da primeira vez em que ele dissera que a amava, mas lembrava-se da primeira vez em que ele tentara. E desde então uma vida até aquela banheira. Ele não era mais um anjo. Ela não era mais digna de amor. Estavam presos ali, presos naquele momento. Como se o dia começasse sempre velho.

Recolheu as pernas para bem junto do corpo, a água permanecia quente, deixou o corpo rolar em posição fetal. O rosto enterrado na água, sem ar, não queria voltar... — Me deixem ficar aqui! Aqui é quente e eu sinto que tenho um lugar. Me deixem aqui pra sempre, pra nunca mais, não quero vida após a morte, quero só esta banheira e a eternidade inconsciente, só a água e o nada, sem lembranças... Me deixem aqui, me deixem... — Mas foi brutalmente socorrida. Ele puxou-a pelos cabelos — Você não pode morrer! Não pode! — Estava furioso, tinha mesmo aquela raiva nos olhos, aquele incêndio doentio.

Sentiu-se egoísta. Custou-lhe muito ficar de pé, o vinho, a náusea que sentia por si mesma... Foi quase aos tropeços até o espelho, ele a olhava de outro mundo, muito distante. Apoiou-se com os cotovelos na pia, limpou o embaçado da imagem e... Ali estava: viu refletidos sete fantasmas passados, um rosto menos bonito, uma mancha que não sai, respingos de loucura e uma ponta de esperança. Não sabia exatamente de onde aquilo havia saído, esmurrou a imagem até sentir na própria cara. Tinha a mão sangrando e o rosto machucado de uma dor não física. — O que você fez, coelha? O que você fez? — Ele carregou-a de volta para a banheira e cuidou de sua asa machucada. — Eu vou tratar disso, você vai ficar muito bem, muito bem mesmo. Vai voltar a tocar piano e vai me amar. — Ele beijava sua mão e chorava, o salgado das lágrimas cicatrizando a ferida, ela não sentia mais nada.

Primeiro foi uma, depois duas, depois já não pôde contar quantas gotas de sangue tingiram a água, manchando a transparência. — Foi isso que aconteceu com a gente! Foi isso... — Ele tinha o sangue dela nos lábios. Ela falava de olhos fechados. — Foi isso que aconteceu... Nós éramos limpos, muito limpos sabe? — Não faz mal, coelha... — Ele interrompeu-a. — Deixa isso pra lá, agora temos que cuidar disso, desse seu machucado. Por que você se machuca? Você é tão bonita, não devia fazer essas coisas, por que você quer se ferir? — Porque eu me odeio. — E por que você se odeia? — Porque eu te amo e não posso mais te salvar. Não posso mais... Nós estamos perdidos, sabe... — Ele puxou-lhe o corpo pelos braços, deitou-lhe a cabeça em seu peito. — Não estamos perdidos, estamos bem aqui. Está ouvindo? — Sentia por ele o ódio e o amor que só se sente por si próprio. — É aqui que estamos.

MADRUGADA NO PÔR DO SOL

Um pouco mais, Madrugada, um pouquinho só a mais e vai estar perfeito. Você checou a temperatura? — Sorriu. — Claro que não, você, madame, não gosta de se molhar. Fica só à espreita, rondando meu banho, parecendo assombração no meio desse vapor todo. Não te dá calor? — Afundou um dos pés. — Não entendo muito bem essa coisa de ter pelos. Do dia mais frio ao dia mais quente, não vejo reclamação no seu olhar. — Pôs os dois pés na banheira. — É essa coisa de ser bicho, não é? Adaptação. Você faz tudo pra sobreviver, instintivamente. — Submergiu. — Bom pra você, Madrugada. O mundo é dos espertos. — Riu. — Você me acha esperta? Confesso que não tenho ideia do que você sente por mim. Eu, é claro que te amo. Como não amaria? Olha aí, parecendo uma bailarina dançando nas margens do meu banho. Você gosta do perigo, não é? A última coisa que quer é cair, mas fica sempre a ponto de. Faz bem. Faz bastante bem. O mundo é dos audazes. — Afundou a cabeça. — Te assustei, Madrugada? É que às vezes a gente precisa fazer um movimento brusco, surpreender o interlocutor. — Gargalhou. — Que tipo de interlocutor é você? Ou é dos mais sábios, ou dos mais inúteis. Vai ficar dentro da pia agora? Não quis te ofender. Tudo bem, manteremos certa distância por ora. — Virou o corpo para o lado. — A água está ótima. Sabe o que eu queria, Madrugada? Ser mais engraçada. Porque eu acho que tenho uma cara de tragédia. Na verdade, fui ficando com essa cara. Sabia que eu era das mais divertidas da turma? Sorria horrores. Mas agora não sei... Não é propriamente seriedade. Tem aquelas gentes de vincos na testa, de boca que de longe parece amarga. Eu acho que minha tragédia está no fundo dos olhos. Porque eu tenho olhos muito grandes, você sabe, eu até estou feliz por dentro, mas no fundo do fundo do olhar estou já lá na frente tentando prever o tropeço. Porque a gente sempre tropeça em alguma hora. Sempre. Menos você que é gata e sai por aí feito equilibrista. Agora, se digo algo com um pouquinho de humor, as pessoas ficam procurando o sentido oculto por trás do dito. O olhar entrega. No presente eu acredito na graça do que disse, mas é que parte de mim está já lá no futuro. Por exemplo, te batizei de Madrugada. Você podia se chamar Mimi, se eu fosse mais leviana. Ou Lady, se eu fosse mais cheia de dedos. Panqueca, Bisnaga ou, pra atender outro tipo de humor, Rato Vingador. Mas acabou saindo Madrugada, só porque você tem esse pelo pretíssimo e olhos que são faíscas de luz na escuridão. Vou te rebatizar. De agora em diante eu te proclamo Baronesa Desagradável da Rua-Lá-de-Baixo. Lembra quando eu te encontrei? — A gata dormia. — Você era tão pequena, vi de longe os dois pontos de luz brilhando. Sozinha naquela noite escura, tão sozinha quanto eu. Viu! Já começo a tender pras tristezas, que mania mais desagradável. — Pegou o xampu. — Essência de rosas. Tão bonito estudar latim, tão bonito que a primeira palavra que se aprende seja rosa. Rosa, rosa, rosam, rosae, rosae, rosa. É isso mesmo? Vou declinar você. Tinha um plural, ficaria Madrugarum. — A gata abriu os olhos. — Não gostou? Não me encare assim. — Ligou o chuveiro, suspirou de satisfação. — Água quente. Vem que tá uma delícia, gata burra! Essência de rosas, vou ficar cheirando a jardim. Cuidado! Meu Deus! Transbordei a banheira de novo. Espera até eu afundar, olha aí, olha... Ah, fazer o quê. — O chão do banheiro alagado meio centímetro. — O vapor subiu de novo, Baronesa. Se eu espremer os olhos você é só uma sombra. Ótima hora pra voltar a se mover. Agora você é uma sombra viva projetada de nada, uma sombra independente. — Jogou o braço para fora. — Assim seu pelo vai molhar todo! Mas tudo bem, porque você está aí me dando amor. Não. Você está aí me roubando amor, mas eu não me oponho. Sabe o que eu queria também? Ler alguma coisa onde ninguém morresse no fim. Parece que toda boa história precisa de uma tristeza bonita pra desenlace. Fico aqui imaginando nós duas, quer mais personagens que nós? Uma gata preta e uma mulher na banheira. Eu fico aqui falando, falando, falando, sem propósito aparente, e então quando menos se espera eu afundo a cabeça na banheira e não volto mais. Você me olha com descaso, dá as costas e, gata esperta que é, abre a maçaneta sozinha, vai até a sala e deita sob os últimos raios de sol desse dia de inverno. Podia terminar assim, não é? Ou mais dramático. Num pulo não ensaiado, isso é o que eu espero, você arranha minha garganta de um jeito profundo demais. E se você não existisse? Já imaginou, Madrugada? A banheira se desfaz e na verdade eu estou nua numa cela solitária de manicômio. — Puxou o tampão, levantou. — Queria ler uma história assim, que não desse em nada mesmo. Que falasse de coisas triviais, com as doses certas de alegria, tédio e da saudade que dá no fim dos dias. Queria afundar numa história, no centro sem sentido oculto dessa história, como a gente faz todo dia quando acorda, anda de ônibus ou toma banho. — A gata saiu, na ponta das patas, evitando as poças d'água. Sentiu o baque de ar frio que contrastou com o vapor nostálgico do banheiro. Foi andando pelo corredor, sem pressa, ainda tinha um punhado de horas daquele dia para viver. —

SEMPRE BONITO AUGUSTO

No começo é sempre um tanto inquietante, engraçado como a pele reage, o impulso instintivo, o corpo estranho. Mas o impacto é breve e a imersão natural, de alguma forma parece que o corpo reconhece aquele estado com nostalgia. O feto.

A banheira era pequena e seu corpo grande, ajeitou-se com as pernas flexionadas, emergiam da água seus joelhos e seios, sentia-se em paz. Nos filmes, mulheres bonitas banhavam-se em banheiras transbordando de espuma, censura ou capricho. "Tentar demais, o problema das mulheres é que elas tentam demais". Augusto tinha razão.

Seu banho não tinha espuma, era só água e corpo. Ficou observando as coxas, achou-as muito bonitas naquela posição, algumas gotas de água lhe corriam, por quanto tempo ainda teria as pernas firmes? "Preciso ficar bonita hoje, muito bonita, que é pra ninguém reparar que estou triste." Imaginou que estava na Hungria.

Sempre que as coisas perdiam a graça — a vida ou o dia — imaginava que estava de viagem. Aleatoriamente elegeu a

Hungria. Estava portanto em uma banheira de hotel, um hotel pequeno, meio sujo e charmoso. Uma loucura ter se aventurado sozinha em um país estrangeiro sem lhe conhecer a língua, mas por isso tudo ficava ainda muito melhor, quanto mais distante fossem as coisas, quanto mais inatingíveis...

Então, precisava ficar bonita porque tinha um encontro. Encontro húngaro. Esbarrou com este rapaz na recepção do hotel, conversaram um misto de inglês, libras instintivas e linguagem-de-quem-se-esforça e combinaram um jantar. Foi o que ela entendeu ao menos. Um belo banho num país exótico, um jantar sem expectativas e a vida parecia maravilhosa.

Levantou da banheira e foi buscar perfume, o vapor da água ainda quente dava vida às coisas, tudo assim embaçado era ótimo, contribuía para a ideia toda de sonho. Não se viu no espelho, era só um vulto de mulher, definitivamente de mulher. Apanhou o perfume de frasco cor-de-rosa, gotejou uma, duas, três, vá lá, sete gotas e voltou para o banho.

Vou deixar os cabelos soltos, estão bonitos meus caracóis assim, um pouco acima da altura dos ombros, e o vestido rosa-chá. Que é que significa uma cor ser rosa-chá? Pegou a mania das mulheres de butique de pôr nome em tudo que é nuance cromático e esqueceu-se de pensar se combinava.

Um rosa-chá dilui a cor numa xícara, tem que ser um rosa fluido e um pouquinho triste, amuado. Faz sim, todo o sentido, o vestido tinha uma leveza quase infantil, mas com um toque de viuvez precoce. E as pérolas, porque andava se sentindo muito tradicional. Quem é que iria encontrar mesmo? Ah, sim! O húngaro.

Ele já estaria esperando na recepção, e quando ela descesse as escadas ele começaria a se apaixonar. Mas por favor, não muito, não muito que não me demoro neste país. Podia faltar luz, sua cor de pele e olhos ficavam muito bem à luz de velas. Estava decidido, faltaria luz em toda a Hungria naquela noite, "nada de mais, não se preocupem, pela manhã o sol já volta e tudo fica bem. Um país no escuro por algumas horas, só para que eu fique mais bonita, sim? Obrigada".

O telefone tocou. "Até quando se sonha acordada nos interrompem na melhor parte". Teria que sair da banheira, enrolar-se na toalha felpuda amarela, atravessar o corredor pingando para ganhar a sala, cessar o toque, dizer: sim? E esperar a voz triste de Magali do outro lado. Decidiu ficar.

Não queria ouvir as más notícias, já as conhecia, pra que essa mania de repetição? Não bastam as tragédias, as pessoas precisam ficar nesse carrossel dolorido esperando o brinquedo parar para poderem descer.

Afundou.

Os olhos fixos no teto, ouvia a própria respiração como se fizesse parte de outra pessoa, em outro mundo. O telefone foi ficando distante, os sons debaixo d'água... Havia adquirido essa prática: quando discutia com alguém imaginava a voz da pessoa completamente afogada, as palavras perdiam forma e se transformavam naquele borbulhar indefinido. Quando era criança gritava no fundo da piscina.

Que dia complicado! Tantas obrigações, coisas a serem cumpridas, rituais. É isso que eram: protocolos. Só queria tomar um banho que lhe desse nova cara, vestir algo leve e bonito e sair para jantar com Augusto. Encolheu-se de lado, afundou todo o lado direito. A água ainda estava quente, sorriu.

— Te pego às oito.

Mal sabia ele que poderia vir a qualquer horário, me pegar às oito, Augusto? Você me pegou para a vida toda, venha às sete e subimos para conversar um pouco, ou chegue às nove que eu te perdoo. Venha todos os dias se possível, porque eu te amo. Ou não venha em nenhum e assim te amarei ainda mais.

— Às oito está muito bom.

Meses desde a última vez que se viram, mas não tinha muita importância, se amavam. Quando podiam se encontrar era como se nenhum tempo tivesse passado. Devia ter ligado marcando um jantar.

Acendeu um cigarro.

Teve um sonho naquela noite, como de costume sabia que estava sonhando, tinha um controle parcial do seu subconsciente, seria isso mesmo? Sentia como se o corpo do sonho desgrudasse do real, levantasse da própria cama e fosse até a janela, de onde conseguia impulso para se jogar, voava. Naquela noite não voou. Sabendo ser um sonho, que mal fazia que ficasse pra sempre caindo, caindo, caindo...

Era assim que se sentia agora na banheira, como se estivesse caindo. Abriu as pernas e sentiu a água invadir-lhe, teve uma contração de parto ao contrário no ventre. As mulheres realmente deviam ser peixes da cintura para baixo, sentadas nas rochas com os seios à mostra e os cabelos todos, nenhum marinheiro desconfiaria do perigo, nenhum. E iam elas, ferozes, com os dentes de monstro na mesma boca que antes cantava, vingando o vazio que deixaram ali. Quem foi mesmo que deixou?

— Você é meu primeiro homem. — Ele riu quando ela confessou, mas depois ficou logo muito sério. Estavam ainda na cama, ela olhava pela janela e ele a olhava como quem procura o que vem depois do horizonte. — Mas, por favor, não fique assim emotivo agora. — Ela não pôde esperar por uma reação, não suportaria sentir que o estava perdendo, principalmente naquele momento. Era preciso fingir que não o tinha, ou que ao menos não o queria ter. Juntou suas roupas do chão e foi saindo. Ele falava coisas, palavras submarinas. Parecia música, uma vitrola afogada, ninguém tira a agulha?

Tudo isso já faz vidas. "Devia ter ficado naquela cama. Devia ter ficado na vida dele". Aprendeu com a vida a ir ficando mais, ter mais paciência. Há quanto tempo estava na banheira?

Os dedos das mãos já estavam murchos, "um dia vou ficar toda assim", pensou em voz alta, sua voz ecoou nos azulejos e atingiu-a nos ossos. Mas ainda é cedo para pensar nisso, ainda é.

Como eram mesmo as palavras que havia escrito no outro dia? Estava com uma garrafa de vinho vazia nas mãos e lembrou-se daquelas garrafas das histórias, que contêm segredos enrolados e jogados no oceano pra nunca mais... "E ao retirar a rolha e virar a garrafa, não tinha palavra, não tinha sentimento, não tinha papel. A garrafa estava cheia d'água. E ela bebeu, e transbordou nas terras, e afogou as secas, e encheu um mar que foi navegável por garrafas e gentes pra sempre".

— Augusto gostou muito deste texto, dizia que eu tinha talento. Estava bêbado. Os dois estávamos. Me acharia de qualquer forma a melhor escritora do mundo naquela noite.

— Casa comigo, Virgínia.

— Você está bêbado.

— Isso é um sim?

Riram tanto que esqueceram de casar. Esqueceram.

O telefone novamente. Magali não desistiria. Deviam estar todos atrás dela, nenhum com coragem suficiente para ir até o apartamento. Talvez ninguém quisesse ser responsável por encontrar o corpo. No fundo era o que todos deviam estar pensando, "Virgínia se matou". Engraçado pensar que nunca chegaram a ser um casal, ele tivera inúmeras namoradas, ela inúmeros erros, mas se uma viúva fosse eleita para a ocasião, certamente seria ela.

— Você prefere morrer queimado ou afogado? — fez a pergunta para Augusto no primeiro jantar a sós. — Prefiro morrer jovem, enquanto ainda não acredito na morte — foi o que ele respondeu.

Sempre bonito Augusto, era um homem de sorte, fadado a ter tudo o que queria.

Decidiu que era hora de ir. Ao levantar-se moveu as águas da banheira como se elas previssem uma tormenta, tudo perdeu a ordem, foi se desfazendo a estabilidade, já deslocadas todas as coisas e pensamentos, puxou a tampa e assistiu o ralo sugando tudo.[1]

---

[1] Um sabonete em uma banheira tem o peso de um coração.

PARTE TERCEIRA

POUCO MAIS DE DEZ PESSOAS QUE NÃO CONHECI E MORRO DE SAUDADE

DÁ FRUTA

Me sorveu da boca o último pingo de entrega. Esgotou tudo o que eu tinha para oferecer, até machucou.

Será que ainda conseguia subir em árvores?

Estou talvez por horas parada em frente ao portão, sozinha, encarando o limoeiro. Sinto como se tivesse as pernas acinzentadas, da cor da casca do tronco, vão quebrar e se desfazer em pó se eu tentar qualquer movimento. Fico velando sua partida até além do momento em que ele vai chegar a outro colo. Ouvi o cano d'água estourar, me lavou a barra da saia e eu aqui, imóvel, já estou sendo regada. E não é de se espantar, se da sola aos dedos, meus pés já transfigurados fincarem raízes.

Quando entrou na minha vida eu adorava subir em árvores. Ele ficava lá embaixo, me olhava com um sorriso de satisfação que nem devia saber esboçar nos lábios. Eu estava mais pro topo do que pra ele. Chegava num galho alto e comia fruta. Limpava o suco que se espalhava pelo rosto no braço. Me diziam que era um hábito porco, mas eu não via nada de errado em borrar polpa na pele. E lá de baixo ele me olhava e sorria, jogava as cascas e as sementes no chão e ele até mostrava os dentes.

Logo depois de casarmos me disse que trepar em árvore era coisa de puta.

Sinto já a seiva correr no lugar do sangue, me tomou as pernas e ameaça subir pelo ventre. As pessoas que passam na rua me apontam seus dedos tortos: foi abandonada. Eu baixo a cabeça porque já é tarde demais para a fuga. Estou e vou ficar aqui pra sempre, os olhos secos encarando o portão. Demorou um pouco pra descobrirmos que eu era seca, e não por falta de tentativas. Toda noite me tomava, e eu que não podia olhá-lo nos olhos ficava pensando no cheiro da manga, no queixo lambuzado de um amarelo infantil, no fiapo preso por entre os dentes. Subia em mim com muito menos delicadeza do que a que eu tinha ao vencer os galhos e tatear o céu.

A noite veio e um pássaro preto pousou em meu ombro. Piou baixinho, como que por piedade, acho que percebeu que não o olhava e bicou de leve minha orelha. Já sentia o corpo todo rijo, salvo a cabeça que permanecia imóvel porque eu assim queria. O pássaro alçou um voo certeiro, sumiu, negro que era, no infinito da madrugada e eu pensei: mais esse que se foi. Voltou com palha no bico e depositou-a em meu ombro. Chorei de um olho que acreditava não mais ser capaz de derramar choro.

Eu estava estendendo as roupas no varal quando, mas que vida simples tínhamos, uma simplicidade besta em tudo, meu Deus, como foi que acabei por estender tantas roupas no varal?, ele chegou dizendo que teria um filho. O vi por entre os lençóis alvejados e tudo parecia um sonho.

Nem bom, nem ruim. É que eu era seca. Seca e puta por subir em árvores. Eu era. Não sei se foi delírio, mas vi o mesmo sorriso de satisfação em seus lábios ao me entregar a orgulhosa notícia da sua paternidade. E foi. E eu deixei que fosse. Só muito depois é que fui entranhando: sou seca, sou seca, sou seca. E prostrei-me em frente ao portão.

Já sou toda planta. O pássaro negro volta toda noite, me fez um lar. As pessoas da rua já não me veem, nem estranham que agora ao lado do antigo limoeiro viva uma cerejeira que se fez do dia pra noite. Não sou seca, nunca fui, só vivia presa na vida errada, vida besta de quem paga os pecados que não cometeu. Precisei perder a fala pra descobrir que tinha voz, as pernas pra perceber que já estava em meu lugar.

Não sou mulher de dar filho, sou mulher de dar flor.

FORMINHAS DE GELO

Tinha aquele jeito de dormir, meio fetal, com o dorso torcido para um lado e as pernas para o outro, mas o que mais me enternecia eram os pés. Encaixadinhos assim, como se fossem de criança. Volta e meia mexia os dedos e eu me pegava pensando: Que bom, está viva e é minha. Tinha dezenove anos e dormia muito, espreguiçava-se feito gata e quando acordava tinha aqueles olhos espertos de quem conhece os segredos.

A força que ela tinha ocupava os espaços. Eu me deixava ocupar porque no fundo achava que não a merecia, daí eu me enchia dela e ficava feliz, ela era mais. Mais sociável, mais interessante, você olhava pra ela e tinha certeza de que levaria muito tempo para entender, mas seriam os melhores tempos da sua vida. Ela era mais espirituosa, tinha os seios melhores que os meus, era mais bonita. Não sei o quão bem escondia o descompasso que sentia, o descontrole, o amor desesperado. Eu costumava achar que todos sabiam e que tinham pena de mim, mas ninguém nunca me apontou um dedo de culpa sequer, quase ninguém.

Foi muito bêbada naquele primeiro dia que ela me cercou com os olhos e disse: — Vamos dançar, eu conduzo. E conduziu. Já nove anos desde então, nove anos e Iolanda tentando me convencer a ficar em paz, diz que não tive culpa, mas acho que todo terapeuta é um belo de um advogado de defesa.

As pessoas sempre disseram que éramos parecidas, quase a mesma pessoa. Ridículo porque ela loira, eu morena, ela olhos claros, eu um breu só, ela sardas, eu alva, ela sorriso largo, eu boca miúda. Confesso que tínhamos qualquer coisa siamesa, que fazia ser impossível nos dissociar, e eu adorava ser ligada a ela, e ela adorava ser ligada a mim, eu sei que sim. Não éramos exatamente opostos, nem atração, nem repulsão. Tínhamos só uma razão de ser uma na outra, uma pra outra. Eu jazz, ela bossa, eu café, ela caipirinha, eu vitrola, ela lenços indianos, eu banheira de espuma, ela descalça na rua.

E tinha os dias em que nos odiávamos. E odiá-la me consumia, das vezes em que brigamos feio caí de cama, ela sumiu por sete dias e foi engraçado porque não senti a sua falta. Tinha tanta raiva que queria mesmo que ela desaparecesse, nunca mais ter que encarar seu rosto, mas acontece que comecei a desaprender. Dizia e as pessoas não entendiam, desaprender o quê? Não sabia explicar. Já não me movimentava do mesmo jeito, sorria diferente, sentia um gosto estranho nas coisas. E daí ela voltou.

Feitas na mesma forminha de gelo, mas com líquidos diferentes. Os líquidos. Bebia demais. O que é que pode fazer alguém tão jovem beber tanto? Falava pouco do passado. Não era da cidade, não tinha parentes próximos, veio numa nuvem de chuva e montada num raio ancorou. No início a chamava de cigana Esmeralda, tão mística, achava lindo. Demorei um pouco para perceber que ela não gostava. Nisso também éramos tão diferentes, eu cheia de histórias e parentes, vidrada na minha própria infância, mais lembranças do que compromissos. Ela nunca quis conhecer minha família, e o disse com uma ponta de sofrimento tão aguda nos olhos — que naquele dia estavam verde-garrafa — que preferi não tocar mais no assunto.

Gostava de uísque também. Mas só quando estávamos sós. Eu lhe servia um toda noite, que os outros ela pegava sozinha, e bebia demais, e eu servia. Depois do quarto copo desatava a dizer que me amava, e eu gostava, e bebia demais, e eu servia.

Foi noutro dia que me perguntaram: — Quanto tempo vocês ficaram juntas? E fiquei chocada ao responder que um ano. Só. O ano dos seus dezenove. — Vocês eram perfeitas. — Sim, uma só. Iolanda vive dizendo pra eu arrumar alguém, que sou uma mulher independente que merece amor. Eu tentei. Tentei buscar o cheiro que ela tinha na nuca em outros pescoços, não era o perfume certo, os cabelos certos.

Eu ficava a olhando da sacada. Ela na sala brincando com os gatos, fazia tudo com tanta devoção, uma paixão alucinada, então deixava os gatos e ia costurar, porque costurava, mas nunca terminou uma saia, e depois ia fazer a janta, mas deixava a cebola pela metade porque o rádio lhe distraía e me tirava pra dançar. Eu assistia. Às vezes de baixo, como plateia, às vezes de cima, como criadora.

Ela era a parte perigosa de mim. Ou talvez eu, talvez eu fosse o perigo. Iolanda diz que alimentava a parte de mim que mais amava e por isso eu faria todas as suas vontades, para mantê-la fiel a seus impulsos, à crueza do que era, minha cigana descontrolada. Mas eu podia, sabe... Se tivesse lhe negado os pedidos ainda estaria comigo, tudo poderia ser diferente se eu tivesse feito o que qualquer pessoa que ama faz pela outra.

No dia em que fomos buscar seus exames ela ria compulsivamente. Doença de velho. Gargalhava, então o médico perguntou se tinha histórico familiar e ficou subitamente grave. Naquela noite terminou com a garrafa de Jack. Ela pedia, me amava, eu servia. Doença de velho, bastante séria, o médico disse que devido à sua pouca idade poderia ser tratada, medicação, dietas, álcool nem pensar, batia o copo na mesa, chorava, eu chorava e servia. Dezenove anos, poderia ser controlada, um transplante talvez, ela ria e se babava, o uísque lhe descendo pelo pescoço, balbuciava cirrose e gargalhava. Eu deitava sua cabeça em meu regaço e lhe trançava os cabelos.

Já contei que morria de ciúme? Não que me deixasse, ciúme do que ela era, a parte de mim que eu mais amava. A parte perigosa. O quão a salvo eu estava disposta a viver? Porque se tentasse salvá-la, quem ela viria a ser? Se eu lhe ajudasse, se tivesse lutado contra, se tirasse o perigo que ela tinha, seríamos duas partes iguais.

Há nove anos Iolanda tenta me convencer de que segui o caminho torto do meu amor doente até o fim. Acabou assim, sou a única que me declara culpada, passar não sei mais quanto tempo implorando para que acreditem em mim, que não sou inocente.

Quando aconteceu ela estava sozinha em casa. A encontrei no chão, parecia estar dormindo daquele jeito, meio fetal, com o dorso torcido para um lado e as pernas para o outro, mas o que mais me enternecia eram os pés.

NESTES ÚLTIMOS DIAS EM QUE EU ESTIVE GRIPADA VOCÊ NÃO VEIO

Nestes últimos dias em que eu estive gripada você não veio. E eu fiquei de cama, sem conseguir respirar direito, não estava pra morrer nem nada, mas eu não conseguia respirar, não conseguia. Foi na semana passada que você passou aqui para pegar suas coisas, eu também tive muita dificuldade de respirar, mas é muito diferente, muito... E você sabe que eu não gosto de ficar fazendo cena, te liguei só na terça-feira, só na terça! E eu já estava começando a ficar mal no domingo à noite, eu já estava assim, sabe... Na segunda, você tinha que ver! Foi muito engraçado, eu ouvi um barulho na porta e achei que era você chegando em casa. Estava no quarto deitada, debaixo das cobertas, e fui instintivamente para sala te receber, mas você nem tem mais as chaves! Foi realmente muito engraçado. Fiquei como uma idiota parada na frente da porta de entrada, e a gripe já estava forte na segunda, tive que rir de mim mesma... Febre? Não, eu não tive febre. Você sempre foi assim, sempre achou que eu não sabia me cuidar. Se eu tivesse tido febre tomaria uma daquelas pílulas da sua caixinha de remédios. Mas não! Olha que cabeça a minha! Você levou a caixinha, o aquário e as gravatas na semana passada. Não repara não, você sabe como eu sou, falo muito sem pensar. Mas não tem problema porque eu poderia fazer um chá. Na verdade sou muito mais do tipo de pessoa que toma chá. Aliás, você deveria parar de tomar remédio para tudo, algumas coisas não têm remédio. Tenho certeza que ainda sobraram algumas folhas de guaco ou tansagem na prateleira de cima da geladeira. Fazem milagres as minhas ervas. Talvez hoje antes de dormir eu faça um chá. Isso se eu tiver tempo. Você sabe como eu ando ocupada, tenho tantas coisas pra escrever, os artigos, são tantos projetos... Lembra daquele que estava parado? Aquele que eu vivia dizendo que ia sair, mas não saía, sei que agora sai. Semana que vem eu acho, vou ter uma reunião pra ver disso... Meu corpo dói muito. Mas eu não estou reclamando. Já vou deixar claro pra você não ficar pensando "Nossa, ela não mudou nada". Eu mudei muito. É só que essa semana eu fiquei muito doente e precisei me virar sozinha. É claro que eu sei que isso é normal. Não me trate como se eu fosse uma criança. Mas é muito mais fácil pra você dizer, aposto que se você caísse de cama ela te fazia uma canja. Ela é muito o tipo de mulher que faz canja. Deve fazer um cachecol de lã tricotado com uma mão só enquanto com a outra afaga teus cabelos. Foi na terça que eu te liguei, né? Foi, foi sim, agora lembrei. Porque foi nesse dia que estava passando na tevê aquele filme que você adora e que eu odeio, bom, isso não tem importância. O que eu queria te dizer é que não gostei do modo como você me tratou no telefone. Lembra que nós prometemos que seríamos sinceras, não? Não gostei. Foi estranho sabe? Não sei dizer onde exatamente, eu liguei, você atendeu, conversamos, você desligou, eu desliguei — segundos depois — mas foi estranho. Desculpa. Agora eu entendi. Hahá, eu sou muito distraída mesmo, ela estava junto de você, não estava? Mil desculpas! Claro que você não podia me dar muita atenção com ela ouvindo nossa conversa. (...) Desculpe, estou com uma tosse horrível. Lembra como eu sou com gripe, né? Primeiro o nariz trancado, não consigo respirar, depois a garganta e por último a tosse. Já sei, já sei, você iria dizer "o cigarro não deve ajudar muito", você nunca gostou que eu fumasse. Aposto que ela não fuma. Mas ela também não deve beber, e disso eu sei que você gosta. Deve ser um saco... Esse tipo de mulher me dá nos nervos, vamos fazer assim: se você quiser sair um dia desses pra beber me ligue, prometo que não conto pra ela. Vai ser o nosso segredo. Só agora me dei conta de que eu estou aqui tagarelando sem parar. Mil desculpas pela hora, e não se preocupe, a tosse ainda é forte, mas pelo menos é o último estágio. Assim eu ponho tudo pra fora, tudo. Tenho certeza de que logo estarei curada. Me ligue quando ouvir este recado. Um beijo.

SINAL VERMELHO PRA PEDESTRE

Sinal vermelho pra pedestre. Parou ao lado de um senhor que tossia. Tinha pressa. Baixou o volume. Chegaram mais três. Mexeu na bolsa. E se ele estivesse a esperando em casa? Seria bom. O velho tossia num lenço. Quantos carros brancos. Uma criança caiu. Detestava quando a mãe gritava com o filho na rua. Ele provavelmente não estaria em casa, melhor não criar expectativas. Aumentou o volume. Olhou para o céu. Fios nos postes. O dia estava bonito. O fone direito caiu. Trocou a perna de apoio para o peso do corpo. A criança chorosa a encarava. O velho espirrou. Sorriu para a criança. Não esperaria por ele. Iria até a casa dos pais dele. Resolver as coisas. Voltou o corpo para a esquerda. Será? Verde pra pedestre. Era um sinal. Seguiu em frente.

Pararam. Olhou os carros. Era perigoso. Um puxão no braço que doeu. Fez beiço. Segurou. Queria um sorvete. Engoliu o choro. Olhou para os pés pequenos. Os menores naquele chão. Chamou a mãe. Uma moto que passou rasgando a rua lhe chamou a atenção. Tinha medo de moto. Muito barulho.

Mas era rápida e vermelha. Queria uma moto. Chamou mais uma vez a mãe. Ela gritou com ele. Deu um passo pra trás e caiu. Chorou. Queria sair dali. Não ia mais ganhar sorvete porque estava sendo mau. Um passarinho no chão. Tinha um pedacinho de churros no bico. Tentou bater o pé pro passarinho voar. Teve medo da mãe gritar de novo. Olhou para cima. Uma moça lhe sorriu. Era amiga da mãe? Se fosse, tomara que o levasse pra tomar sorvete. Os carros pararam. Não era mais perigoso. Que bom. Melhor aproveitar.

Sinal vermelho pra pedestre. Os dois conversavam com tanta intimidade. A loja do outro lado da rua tinha coisas bonitas na vitrine. Tentou entrar na conversa. Desistiu. Queria a saia amarela. Ficaria linda, ele notaria. O cabelo estava bom assim, preso? Soltou. Deixou a louça suja em casa. A mãe brigaria. Ele gostava mais da outra. Sentiu raiva. O som dos fones da moça ao lado vazava demais. Tentou cochichar sobre isso. Os outros dois não deram bola. Suspirou. Tentou descobrir a música que a moça ao lado ouvia. Ele pegou na mão da outra. Quis chorar. A moça dos fones quase a atropelou em um movimento brusco. Sinal verde pra pedestre. Tanto faz.

Vinha descendo a quadra apoiado na bengala. Parou na esquina, a respiração era difícil. Sinal vermelho pra pedestre. Tirou o lenço do bolso. Chegou uma moça perfumada. Tossiu. Não tinha mais perfumes. Sentiu frio. A perna doía. Resmungou algo inaudível. Muito mais carros do que gente naquela rua. Homens como ele jogavam cartas num bar ali perto. Baixou os olhos. Choro de criança. Buzinas. Vozes muito altas. Um barulho que não identificou, o grande motor da cidade. Espirrou. Teve que espremer os olhos pra lembrar para onde ia. Sinal verde pra pedestres. E foi.

ALGUMAS HISTÓRIAS SÃO MAIS CURTAS QUE AS OUTRAS

Nasceram no mesmo dia. Um teve uma infância feliz de criança dita normal. Bons pais, avós todos vivos, uma irmã mais nova para proteger, um irmão mais velho para lhe ensinar. Mostrou interesse e habilidades nos esportes, um pequeno atleta. Futebol? Gostava. Basquete? Gostava? Um menino competitivo e honesto, esse vai longe. Mas sua verdadeira paixão era a água, natação. Aos nove ganhou sua primeira medalha, o melhor da categoria. Foi triste quando quebrou o braço dois dias antes da regional, era o favorito. Mas era um pequeno guerreiro, recuperou-se antes do período previsto, pronto para as próximas. Na escola suas conquistas precoces já ganhavam notoriedade. Os mais velhos começaram a chamá-lo de peixinho. O menino era nato. Pegou todos de surpresa a câimbra que não o deixou subir, nunca mais. O outro não tinha o pai, a casa era humilde, teve que largar a escola, na volta pra casa em um dia qualquer escorregou no barranco e caiu no lago. Morreram no mesmo dia. Algumas histórias são mais curtas que as outras.

UM HOMEM QUE TINHA UMA MÃE

E tinha um homem que tinha uma mãe. Como todos os homens têm. Mas essa mãe tinha morrido, em algum ano ímpar, há décadas atrás, caiu de um barranco, usava saias, ralou o joelho e morreu em paz.

Esse tal homem está agora em um velório, que não é o da mãe dele, é da mãe de alguém que não vem ao caso, e o que vem ao caso é o caso que vou contar agora.

A morta está de olhos entreabertos. E só ele viu. O padre não notou, os filhos, que antes não vinham ao caso, ou choram ou fumam e também não perceberam. Parecem olhos de quem espera pra dizer alguma coisa, não tinha pressa, não tinha medo, tinha quase amor, só queria dizer algo não dito. Um recado pacífico do tipo: deixei o ferro ligado.

Falar muito de morte não combina com quem está vivo. A morte se pertence, deixa-a lá quieta. Voltemos ao tempo em que todas as mães da história estavam vivas.

Muito antes do barranco e muito antes de ser mãe ela se chamava Angélica. Tinha um cabelo de cachos pesados, não pensava no futuro e morava no campo. Vivia em uma família pacata, dessas que nunca viram história por falta de enredo.

Um par de chinelos à beira da cama, a bênção dos pais antes de dormir, a cadeira de balanço na varanda, o vazio no coração. Angélica pensava que era feliz. E teria sido infelizmente feliz a vida toda se não tivesse um destino avesso. Era torto o anjo de Angélica.

Engravidou. Não podia! Era moça! Virou mulher, saiu de casa.

Carregava na barriga o menino que viraria homem e que décadas e anos e tempos mais tarde estaria em um velório vendo o que ninguém via. Via algo que não sabia explicar. Uma familiaridade. Foi tomar café.

Angélica teve o filho sozinha. Criou-o sozinha. E nessa obstinação por independência fez tudo sozinha, perdeu-se na curva e esqueceu que eram dois. Dois sozinhos na casa pequena e imensa. Ele lembra de ouvir a mãe cantando baixinho e só pra si "se essa rua, se essa rua fosse minha.." e parecia um canto e parecia um choro. Ele conseguia fingir que estava sendo posto pra dormir. Tão sozinhos. Não sabiam. Quem os culpa? Pois bem...

O velório é no verão. O homem sai pra tomar ar, o vento é macio e lhe causa uma paz desconfortável. Nem sabe ao certo por que veio. Tem uma amiga que tem um namorado que tinha essa mãe.

Não tem família esse homem. Não tem assinatura de jornal, não tem esperança, não tem cáries, não tem boas meias, não tem muitas lembranças. Tem insônia e buracos no passado. Foi perdido em um desses buracos que não se lembra de ter visto a mãe envelhecer. Um dia acordou e viu na cozinha, estavam acostumados à presença fantasma um do outro, mas naquela manhã ele a olhou nos olhos. Tão cansados e enrugados, os cachos brancos, as mãos tremendo. Teve vontade de abraçá-la, de pedir desculpa por tudo que não tinham feito. Quis voltar a ser menino e chorar na barra do seu avental, perguntar se ela queria ser sua mãe. Mas não o fez, conteve uma lágrima que ela não viu.

Ela usava saias e ia sair.

Quando já estava na porta voltou-se ao filho num sobressalto:

— Deixei o ferro ligado!

Ele fez sinal para que não se preocupasse, desligaria. Ela se foi.

E foi tudo muito simples, não houve velório, ele não chorou, ela não viveu.

E agora ele está ali, encarando pela última vez os olhos entreabertos da mãe que não é a dele. Aqueles olhos que ainda estavam ali, e que estão em paz, que o fizeram chorar como se fosse parente, como se fosse filho, como se fosse ontem.

Alguns dos presentes, impressionados, especularam sobre a proximidade daquele homem desconhecido com a recém-falecida, não entendiam. Só ele entendia e não precisava explicar.

Limpa as lágrimas, seca na roupa, fecha os olhos e sorri baixinho. Despede-se educadamente das pessoas que não se lembrarão do seu rosto no dia seguinte.

Caminhando na noite morna cogita fazer uma assinatura de jornal pela manhã, olha para os próprios pés pisando o chão e imagina que se a rua fosse dele, ele mandava ladrilhar.

PRIMAVERA NO SÓTÃO

Tricotava com suas agulhas metálicas uma peça que nem mais sabia qual. Sentada na cadeira de balanço herdada, tinha os olhos fixos no trabalho, mas se alguém perguntasse a cor daquela lã, precisaria desencantar por um momento, espremer os olhos cor de chumbo, já crivados de vincos profundos, e distanciar a peça estendendo os braços para dizer: é amarela. A outra passava as noites encolhida no chão em frente à lareira. Os braços comprimindo as pernas, a cabeça nos joelhos, os curtos cabelos pretos lisos lhe protegendo das chamas vívidas.

— Em que mês estamos?

— É julho.

— E este que mês é?

Levantou os olhos e parou as agulhas, fitou a outra com um silêncio interrogativo.

— De número.

— É sete.

— Vê, sempre confundo. Março com maio, junho com julho. Faço confusão com os nomes e os números. Você não?

— Não.

— Nunca?

Pousou a lã e as agulhas no cesto e tirou os óculos. Era sinal de que estava cansada.

— Nunca.

— Qual é agosto?

— Oito.

— Abril.

— Quatro.

— Outubro.

— Dez.

— E as estações?

— Que têm elas?

— Você sabe direitinho quando começam e terminam?

— O que eu sei é que o inverno é sempre mais longo. Não importa o calendário.

— Eu nasci na primavera.

— Não, você nasceu dia 19 de setembro. É inverno.

Mais-Nova sentiu-se muito contrariada.

— Você devia ser mais cuidadosa com essas agulhas, acaba sempre arranhando os pulsos.

Saiu de perto da lareira, lançou um breve olhar de quase raiva à Mais-Velha. Mas distraiu-se com uma pintura e logo esqueceu. Passou de leve a mão pela moldura, desde quando a casa tinha tanta poeira? E aquele frio, não acabaria nunca? Ela tinha razão, são mais longos os invernos. Embaixo da escada, pegou mais um par de meias no armário. Ouviu um riso, que poderia ser também um suspiro, vindo da mulher sentada na sala.

— Já estou fazendo uma terceira manga neste agasalho.

Riu-se também. Riram as duas. Agora um pouco mais

alto. A menina ajoelhou-se aos pés da senhora para examinar o disparate. Riam ainda mais alto. A cabeça jogada para trás, a mão cobrindo a boca aberta. Caiu deitada no chão enquanto a outra enxugava pequenas lágrimas com um lenço.

— Três mangas.

— Uma para o braço direito, outra para o braço esquerdo e a terceira serve de túnel de fuga para o coração.

A Mais-Nova detestava o silêncio. Continuou:

— Vou fazer a janta. — Animou-se: — Vou fazer um jantar excelente! Meu Deus, que há tempo não comemos bem, hein? Tão bom cozinhar... Vou fazer algo com tomates.

Pegou um vermelho de mão cheia, pôs embaixo do jorro de água da torneira e depois em cima da tábua pra descansar. As gotas desmaiadas resvalavam na película, pegou a faca que mais brilhou na primeira gaveta, como um último suspiro, lhe pareceu que arfou o peito da fruta, desceu a lâmina e o fez em dois. Sentiu as duas mãos molhadas de água de polpa, mais um corte e o fez em quatro. Subiu o cheiro cru de coisa fresca, teve saudade de qualquer coisa.

— Já regou as plantas hoje?

A voz da Mais-Velha lhe tirou do transe num susto. Largou tudo, limpou as mãos na roupa e correu para o sótão.

Continuavam vivas. Suspirou aliviada. Precisavam ser religiosamente regadas pouco depois do crepúsculo. Precisam, porque imagine só perder toda aquela vida! Já fazia uma noite tão densa lá fora, daquelas que trazem os medos de fantasmas, chegou a pensar o pior.

Pôs-se a andar devagar por entre as pétalas. Angélicas, astromélias, cravos, camélias, frésias, gardênias, lírios, narcisos, flores-de-mel e a roseira perto da janela. O cheiro era tão intenso que se fazia palpável, perfume de todas as corolas. Brotavam do chão, sem terra, sem raiz aparente, e esparramavam-se pelo quarto. Sim. Pareciam subir pela casa vindas de solo algum.

A única fonte de luz era a grande janela redonda, dividida em quatro pelas barras de ferro em cruz, o vitral verde e laranja numa disposição de menor tabuleiro de xadrez do mundo. Pelas duas partes de vidro esverdeado entrava um sol tímido de encantamento ébrio, pelas alaranjadas era uma luz poeira dourada, pó de âmbar flutuando no ar.

Deitou por um momento no chão. Que saudade sentia quando estava ali em cima, que saudade! Mas saudade de quê? Rolou o corpo para a direita, sentia muito forte o cheiro que exalava a madeira, poderia ficar assim pra sempre. Se levantou num pulo e apanhou o regador de metal que estava num canto do lado da porta. Foi dando de beber a todas as flores do seu jardim suspenso.

Antes de sair lançou mais um olhar para a roseira, assim pela noite, os vidros coloridos da janela eram apagados, o verde virara negro e o laranja cor de palha pálida, mas não a roseira. Cada flor abria no seu esplendor máximo pela madrugada, polpudos botões vermelhos, ela deu boa noite. E saiu.

Já era dia seguinte no mesmo horário de ontem. A hora do fogo e das agulhas.

— Em que ano estamos?

— Num ano ímpar.

Bateram à porta e Mais-Nova de um pulo foi atender como se lhe tivessem batido no próprio coração. Luí foi entrando como de costume. Era um costume raro porque esparso. Como é que alguém se acostuma a algo esporádico? Visitava-as num intervalo de meses, mas quando vinha era muito natural que já se pusesse pra dentro sem cerimônias. Tirava o quepe, arrumava o cabelo bagunçando-o com os dedos e sentava-se na poltrona vaga ao lado de Mais-Velha. Era carteiro. Foi tirando da bolsa um pacote em papel pardo, enrolado com uma fita azul. Mais-Nova já se adiantou:

— É pra mim?

Luí sorriu confirmando. Entregou para a menina o embrulho que parecia tão imaculado, como se tivesse sido sempre pacote, um presente sem passado. Mas no momento em que se rasgou o papel, que se desfez o laço da fita e revelou-se a caixinha de música, todos na sala sentiram como se aquele objetivo estivesse desde sempre na sala, rodando uma bailarina que nunca desmaiava.

— Mas quem mandou, Luí? Quem é que me mandou? — perguntou enquanto dava corda no presente. Não sabia se queria mais ouvir a resposta ou a música. *Bolero* de Ravel. Diferente para uma caixinha de músicas, não? O carteiro pegou o quepe e já se direcionava pra porta, como se não tivesse escutado a pergunta da menina que insistiu já com lágrimas nos olhos:

— Quem mandou?

Era como se no fundo soubesse. Mais-Velha baixou os olhos para o tricô, mas tinha a fronte congelada por uma não expressão. Mais-Nova tinha o olhar obstinado, cravou as unhas no braço do entregador e suplicou que lhe dissesse de uma vez quem lhe mandava aquele presente. Luí tomou a bailarina que ainda girava, indiferente à cena, e jogou violentamente a caixinha de músicas no chão. O bolero silenciou. A casa foi engolida por uma escuridão que entrou pelas janelas como quem volta do trabalho.

Mais-Nova subiu correndo regar as flores.

— Já é fim de semana?

— Já.

Mais-Nova sentia-se envergonhada pelo mau comportamento do dia anterior, sentia um medo profundo de chatear Mais-Velha.

— Será que o Luí volta hoje?

— Acredito que não.

A mulher fez uma pausa da costura e se levantou, foi até a janela. Mais-Nova estranhou, raramente via Mais-Velha de pé.

— Você está triste?

Sem resposta, Mais-Nova continuou:

— Eu não estou nem um pouco triste, sabe? Acho que não temos motivos pra tristeza, olha que paisagem bonita lá fora. O campo, o céu, o matagal lá no fundo. Nossa! Aqui é muito bonito, não é? Eu acho que sim. Uma beleza. Tivemos tanta sorte de morar aqui, tanta sorte porque era a casa da minha vó, e ela deixou pra minha mãe, e então eu vivo aqui desde sempre.

Mais-Velha voltou o olhar para a menina.

— Lembra quando eu quebrei a perna correndo lá fora? Só porque o Lucas me desafiou. Disse que eu não ia conseguir correr mais rápido do que ele, lembra? Até hoje meu joelho estala engraçado, olha!

Mais-Velha caminhou em direção à cadeira de balanço, ouviu seu joelho estalar ao sentar.

— Terminei o agasalho! Experimente, veja se está bom.

A menina estava eufórica, agradeceu automaticamente o presente e continuava a evocar lembranças.

— E quando eu fiz doze anos, você se lembra? Que festa tivemos! A casa estava cheia e nós ficamos lá fora até o céu ficar muito, muito preto. Tão preto que nem parecia mais existir. Mamãe deixou porque eu estava ficando grande. Todos vieram. Toda a família.

A campainha tocou.

Mais-Velha pediu que a menina atendesse.

— Se for Luí, peça desculpa e o convide bastante educadamente para entrar.

Mais-Nova abriu a porta e viu um pacote no chão. Luí devia ainda estar brabo, sentiu-se triste por isso, mas ficou feliz pelo novo embrulho e o trouxe para dentro contra o peito.

— Olha o que chegou! Parecem cartões embrulhados, ainda é muito cedo pro natal, não é? Já estamos no fim do ano?

A menina abriu o embrulho. Emudeceu. Deixou-o em cima da mesa.

— O que era? — perguntou Mais-Velha.

— Não sei, umas pessoas numas fotografias.

Mais-Velha recolheu as imagens, teve um sorriso triste.

— As fotos do seu aniversário de doze anos — encarou a menina.

— Que é que você sabe? Você nem está aqui. Você não veio à minha festa. No mínimo estava aí toda ocupada tricotando um montão de coisas. É só isso que você sabe fazer? E depois machuca as mãos e os pulsos, olha aí! Está toda arranhada! Arranhada demais pra poder ir nas festas de aniversário da gente. E afinal de contas essa é a casa da minha avó, não tem nada a ver com você, nada! Só quem podia saber das coisas aqui era a minha avó, e depois a minha mãe e agora quem sabe das coisas sou eu. Você não sabe de nada e nem nunca devia ter vindo ficar aqui comigo.

— Você sabe também que eu já morei aqui.

Mais-Nova esfregava os olhos, fazendo movimentos de negação com a cabeça.

— Você sabe também por que o Luí traz as coisas que traz. Sabe que a caixinha de música foi o presente do seu décimo segundo aniversário. Sabe que naquela noite depois de ter ficado brincando lá fora até quase madrugada seus pais morreram quando esta casa pegou fogo. Sabe que sobreviveu e foi feliz, teve amor e uma vida longa até ficar velinha e só. Até cair no pátio da casa, ao lado da roseira cheia de espinhos e não ter ninguém pra ajudar. — Cobriu os arranhões dos braços e encarou Mais-Nova que parecia mais calma. Prosseguiu com voz enfeitiçada de lembranças:

— Você sabe que fomos muito felizes.

Subiram as duas até o sótão. As flores cresciam suspensas, alimentadas pela terra que divide mundos.

— Se os invernos são mais longos, esse vai ser pra sempre?

Subterrâneas à vida, estavam elas.

DESCULPA QUE A PORTA BATEU

— Desculpa que a porta bateu.

A outra nem chegou a ouvir. Nem a porta nem as desculpas.

— Desculpa que... — sussurrou mais uma vez e foi desistindo. Chegou com as unhas bem perto da porta, foi arranhando de leve feito gato. Arrependeu-se porque as unhas poderiam estar fazendo algum barulho indesejado, retraiu os dedos e acariciou de leve a madeira. Falou com a mente: vou sair pra comprar pão. Sentiu-se tranquila imaginando que dava satisfações. Ouvia o som do teclado que vinha lá de dentro. Foi caminhando em direção à porta de entrada, passos muito lentos dados à moda equilibrista. Voltou o corpo de súbito, teve aquele tipo de suspiro de quem se assusta:

— !

As teclas pareciam estar sendo tocadas com mais fúria. Foi contagiada por aquela fúria que avançou três passos bravíssimos e escancarou a porta que fez parar a música. A outra lhe olhou como se fosse a primeira vez. Disse entre dentes e lágrimas:

— Desculpa. Que. A. Porta. Bateu.

E saiu, deixando-a aberta. Ela.

PRAIA VIVA

A nuvem tapa e descobre, tapa e descobre, e numa dessas descobertas um raio de sol me fere o peito como se quisesse arrancar uma verdade sob tortura. Pulsa, tapa, pulsa, descobre. Peito nu a céu aberto expõe ferida. Tudo vivo, corre um sangue invisível, mas pressentido em todas as coisas. Os grãos de areia me cozinham as costas, dá pra sentir o peso do sal no ar. Não sei se queimei ou cortei o lábio, porque sorrir quase dói, mas é exatamente essa dor que me prolonga o sorriso, me dou conta de que nada te prova mais viva do que deixar doer.

Eu cheguei muito antes, quando ainda tinha um par de sandálias, alguns vestidos e atendia por um nome. Cheguei cobrindo a cabeça na hora do sol forte, vencendo as ondas com cautela por temer o oceano, agora já não fazemos tanta cerimônia, a praia e eu. Venho quando ela me chama, já sabendo, como quem acaricia um filhote que está descobrindo os dentes, não por mal, mas que vai morder. Um caranguejo sobe na minha mão espalmada, prepara as pinças suspensas. Não vejo a gaivota que grita distante, mas a respondo.

Eu abandonei. Abandonei todos os que conheci porque aprendi assim. E é estranho, sinto mais raiva daqueles que deixei do que dos que me deixaram. Porque são burros. Burros por serem frágeis, frágeis por terem amado. Mas agora isso não importa, ninguém vai procurar por mim. Soube logo quando cheguei que já era outra. A maresia muda meus cabelos, o sol me põe uma cor mais viva e já não tenho motivo pra vaidades. Engraçadíssimo. Mesmo se alguém cavasse energias pra descobrir onde estou, estaria buscando outra. A que já fui. Ao pensar nisso fico por segundos melancólica, não pela possibilidade de ser buscada e encontrada, mas por não ter me velado propriamente.

Real agora é a areia que tenho debaixo das unhas, a vara de pesca paciente cravada no chão é real. As crianças que brincam perto das dunas, cujos nomes nunca saberei, são reais. É real o chapéu do homem que voa, a espuma das ondas, as pedras com conchas. Tudo que meus olhos alcançam, mas não necessariamente registram, real, real, real. Olho para minhas próprias mãos e sinto dificuldade em dizer qualquer coisa.

Superfície. Ele ficava demais na superfície, boiando, deixando que toda vida passasse por baixo. Boiava por falta de densidade. Eu dizia — O que mais? O que mais você pode me dar? Pensa! Cava! Não cavava porque não entendia. Ele dizia — Olha que bom boiar! A gente só se deixa ir... Daí foi. Deixei que fosse porque boiante do jeito que era nunca encontraria o caminho de volta.

A ironia é que acabei à beira-mar. Fugindo dele e dos outros que se deixavam cozinhar em banho-maria, vim parar no aguaceiro que cozinha o mundo. Mas eu, se tivesse que ser preparada pra janta, seria feita no óleo fervente, pra em questão de segundos transfigurar a parte externa até virar qualquer outra coisa. Compramos uma casa em março, com dois quartos, porque queríamos muito ter um filho.

Desse lado da praia não vejo ninguém. Às vezes temo que minha voz já esteja atrofiada por falta de uso, daí me ponho em frente ao espelho e ameaço um diálogo que nunca sai. Não sei o que dizer a ela. É estranho que ainda não tenha acostumado a me ver nua. Agarro o lençol desmaiado sobre a poltrona e me cubro. Volto ao espelho, vejo o lábio ferido, a mão com o sangue já escuro e seco, o sal na pele, nos olhos. Por que tanto prazer em me sentir em guerra?

Arrisco cantarolar e fico muito satisfeita. O espelho fosco de maresia e enegrecido nos cantos me devolve uma amiga, eu sei que ela vai cantar pra mim nas noites em que o sono me escorrer por entre os dedos e cabelos. Fecho os olhos e nos damos as mãos.

Transmutar. Tudo na grande roda da metamorfose, a única volta completa que dá o giro e não chega ao mesmo lugar. Cheguei ontem já faz três dias, porque é sempre o primeiro momento, o novo, sempre o estranhamento em tudo. Acho que nunca vou me acostumar com a caixa de correio na frente da casa. Acredito que as coisas merecem exercer sua função de ser e nunca vou receber correspondência. Já disse que ninguém vai me procurar, e eu nem quero. Vim porque quis, porque sabia que era o melhor pra mim. Eu disse que o amava e as coisas ficaram complicadas, não sei por que disse aquilo, não é verdade. Fui comprar tomates e cebolas e um senhor perguntou se era nova por aqui, lhe arregalei os olhos e sorri numa expressão que foi perturbadora suficiente para ele me virar as costas. Abandonei a sacola de tomates e cebolas. Abandonei porque aprendi assim.

Acontece que quando dei por mim estava vivendo a vida de outra pessoa. Me senti roubando as coisas destinadas a outro alguém, precisava esconder muito bem esse segredo, e se fosse pega? Qual será o preço que se paga por autorrenúncia? Vou toda noite até a beira da praia molhar os pés, às vezes até os joelhos, hábito que pretendo manter e que se ele estivesse aqui não entenderia. Por quê? Não quero nunca mais ter que responder um porquê.

Passei anos me servindo toda manhã uma bacia de justificativas insossas e fazendo-as descer goela abaixo, uma colherada, porque ele gosta de você, duas colheradas, porque você gosta dele, três colheradas, porque relacionamentos são mesmo assim, quatro colheradas, porque é preciso ter sacrifício, quinta colherada, aceito, sexta, um filho é o que falta, e nem um copo d'água.

Ouvi falar que do outro lado da praia uma mulher mora sozinha, fiquei pensando nela o resto do dia.

Será que não existe limite para a renúncia? Talvez só me dê por satisfeita quando essa pergunta não mais fizer sentido algum. Sou a louca do farol. Talvez algumas crianças do lado de lá das pedras já assombrem as menores com histórias sobre meus poderes de feiticeira. É com o lado de lá que eu devo romper. Enquanto souber que ele existe meu isolamento não faz sentido, porque vou imaginar como lá a vida se desenrola usando pra isso os moldes de vida que conheci. Vou adivinhar os pescadores com seus desejos simples e sonos pesados, as crianças que sonham em partir e ainda nem descobriram essa vontade, as mulheres exaustas, alguma intrusa que se engana ao achar que fugiu, alguma estranha que se sente nativa por reconhecer seu lugar.

O meu lugar é com os peixes e o vento que sopra por debaixo da porta, na escuridão absoluta que me engole toda noite e me faz perder a forma, somos breu e dividimos segredos. Caminho descalça pelo tapete, pelo chão gelado da cozinha, pelas tábuas da varanda, pelas pedras do jardim e caio de joelhos. Dou de cara com o meu reflexo em uma poça d'água e deixo pender a cabeça para a direita, gosto da falta de nitidez, mas não está completo. Recolho um cascalho com a mão e o atiro na água que faz dançar a superfície, agora sim, a imagem perfeita.

Ouvi falar de um festival que vai acontecer logo à noite. Eles enfeitam a beira da praia, montam barracas, enchem tudo de luzes. Ornam de flores também a estátua de Iemanjá. Soube pela boca da vizinha da esquerda que gritava para a da direita que seu filho iria de anjo. O conheci num carnaval de rua, ele estava de cigano. Acho que isso já foi o suficiente, porque quando veio falar comigo não nos deixamos mais. Até eu o abandonar, porque disse que o amava. A caixa de correio continua vazia, penso em botá-la abaixo e atirá-la no mar.

Vou até a penteadeira e sento. Escovo os cabelos para trás, poderia ir ao festival, não poderia? Deve ser bom ir como observadora a um evento tão alegre. Prendo os fios em um coque baixo e o enfeito com uma flor. Quem foi que disse que não tinha mais motivos para vaidades? Vai ver já não sou nem aquela nem essa. Belisco as bochechas, não tenho maquiagem. Quão forte posso ter beliscado a face para começar a chorar desse jeito? Era cigano, magro com jeito de doente, os olhos pintados de preto. Ridículo, patético. Leu a minha mão.

Quando foi que fiquei com essa cara de louca?

Eles enchem um tanque com peixes comuns e apenas um dourado, quem pescá-lo leva o prêmio. Peixe de tanque não está muito interessado em isca, ninguém tem fome quando se sente preso. Um grupo de crianças vestidas de anjo correu por mim e fez balançar meu vestido. Iria se chamar Belinda. Os dois achávamos que seria menina. Quando ele disse que iria já pintar o quartinho de rosa, protestei, disse que ela podia gostar de outras cores. Ele nunca entendia. Fui me convencendo de que aquilo devia ser felicidade.

Quando engravidei me sentia completa. Foi um alívio, porque temia não sentir nada. Éramos eu e Belinda, só. Decidi pintar seu quarto em nosso oitavo mês, azul-aquário. Estávamos sozinhas em casa e quando terminei decidi pintar toda a barriga, ela ficou bastante feliz. Quando ele chegou ficou transtornado com a ideia de eu ter feito todo aquele esforço, e a tinta não era prejudicial para o bebê?

Um homem sem dentes pescou o peixe dourado. Mulheres de cabelos trançados dançam ao redor de uma fogueira. Olho para o céu e pergunto se as coisas ao meu redor poderiam estar mais bonitas. Estouram fogos de artifício.

Passeio pela praia nua comendo frutas. Gosto da noite e ela gosta de mim, não a julgo por chegar e deixar os bichos selvagens querendo sangue, nem ela julga o sangue seco das minhas feridas. Quando o mar recua revela os animais-concha que brilham na areia, me agacho para ver se eles têm cheiro, o perfume de quem sobrevive à madrugada. Se eu prestar bastante atenção, posso até fechar os olhos, vou sentir o pulsar das coisas em um volume que rebomba no coração.

Me abraço e sinto o conforto, deixo o corpo tombar à beira-mar, uma onda mais decidida vem e me cobre o rosto, eu deixo e não sei quando ela vai passar. Quando passa encaro o céu, cheio de estrelas. Uma segunda onda vem e me leva quase todo o ar, não me movo e penso se já não é hora. Me faz rolar e quando paro com a face voltada para o céu estouram fogos de artifício.

Comprei duas garrafas de vinho. Não sabia se ainda era madrugada ou se o temporal amanhecera no céu. Tive que sair para comprar ataduras e esparadrapos depois de quebrar o espelho com as nódoas da mão. Aproveitei e trouxe os vinhos, a praia ficou viva com o festival, pude ouvir a música de longe. Não acendi nenhuma luz, mas a cada taça via as coisas com mais clareza. Quem é que eu era agora? Talvez tivesse caído para fora da grande roda da metamorfose, um hamster burro eu era. E ele? Ele era cigano. Mesmo depois de ter despido a fantasia, mesmo enquanto me tomava como se tivesse oito braços. Mentia que sabia os mistérios do universo e por isso mesmo os conhecia.

Sinto o cheiro do mar e percebo que me acalma. Talvez a primeira vez em que me sinto tranquila. Não sei se é a praia, o vinho ou a lembrança. Adormeço com o eco da dúvida: até quando?

Acordo cedo para colher conchas na beira da praia. Encontrei um balde de cobre nos fundos do quintal e decidi que ele merecia ter um destino bonito, seria balde de conchas. Tudo deserto. Comprimo o balde contra o ventre e canto — sonhei que eu navegava sobre um maquine, eu era a capitã de um barco de papel, eu procurava terras com balas de algodão... Belinda adorava essa música. Devo tanto a ela. Por ter me ensinado a amar, por ter me salvado a vida. Já tenho o balde cheio e decido voltar para casa. Repito as últimas três palavras vagarosamente e com um sorriso no rosto voltar-para-casa.

Nasceu um novo dia que parece mais presente do que nunca. Nunca foi tão agora. Sinto que é dia de se enfeitar. Amarro a cortina de uma transparência alvíssima na cintura e tranço um colar de vime com as fibras do baú. Penso que já não sei falar, então cantarolo uma melodia inédita enquanto pinto os seios de barro. Não querem de mim mais verdades, não querem de mim mais nada. Uma aranha passa pelos meus pés e sei que agora sou parte da cena, que não sou gente, não sou bicho. Tenho todas as feridas já cicatrizadas, ouço a música e vou seguindo-a.

A praia viva. É um organismo independente, tem pulso próprio e nos amamos. Fecho os olhos e sigo sempre em frente. Tropeço algumas vezes, mas dor é uma coisa que já não sinto. Sinto que subo, caio, vou fundo. Por um momento sinto saudade da fala porque queria gritar que é dia de festa. Penso uma última vez nas pessoas do lado de lá, me compadeço de suas vidas, peço desculpa a elas e as perdoo.

Não vejo a gaivota que grita distante, mas lhe respondo.

Eu nunca estive aqui. E começo a me perguntar quando é que estive em algum lugar se quando começo a me sentir parte preciso partir. Nunca estou em lugar nenhum, porque aprendi assim. Me foi ensinada a fuga, sempre o túnel emergencial de saída. Não soube esperar, disse que o amava e virei as costas, como ele não veio decidi que era o fim. Mas não foi. Continua impregnado em mim. Era cigano entre confetes e serpentinas, eu estava de bailarina. Quando depois disso foi que me senti na liberdade de rodar até cair? Parei de rodar. Não adianta a grande roda da metamorfose girar se eu paro. Está na hora de aprender diferente.

Arrumei as malas, dei um beijo na caixa de correio e fui.

Ela morreu no parto. E foi culpa dele que pediu para que me salvassem. Não pude perdoá-lo, não podia agradecê-la o suficiente por me obrigar a viver na verdade. Por nove meses precisei viver sendo duas para que a segunda me ditasse os caminhos. Vim parar aqui que é o meu lugar. Todo dia sinto que o ar se cobre de uma esperança crua. E aí tenho forças para me reinventar sentindo pela primeira vez que vivo mundanamente de um impulso primário que me obriga a ser. Todo fim de tarde, quando o sol pinta as coisas em seus melhores tons, sinto vontade de chorar de uma emoção que não conhecia. Me sinto completa de novo.

Soube que ontem a mulher sozinha do outro lado da praia se atirou das pedras para o mar. O dia nunca amanheceu tão limpo, a praia nunca nasceu tão viva.

CONVERSA COM A AVÓ

Minha avó antes me falava da sua juventude. Adoro ouvi-la falar, tem uma calma elegante e um jeito sutil de deixar tudo interessante. Dizia-me que não costumava ter consciência de seu corpo, da beleza que possuía, de sua sensualidade (Deus me livre!) e sexualidade. Mas adorava sair pra dançar! E os pretendentes a par eram muitos. Mas a inconsciência do quão interessante era lhe afastava de fantasias românticas. Não se importava, gostava era de dançar. Disse ainda que conheceu meu avô e achou-o muito bonito. Um homem muito bonito ele era. Lembrou também de um tal Nelson, o sobrenome lhe fugiu, dançaram na matinê e ele, que era de uma cidade vizinha, perguntou se poderia voltar a vê-la, que era linda, elegantíssima. Aos vinte anos minha avó negou para aos oitenta lembrar. Depois de compartilhar comigo suas recordações, ajeitou meu véu e desejou-me felicidades.

PASSA BATOM, PASSA

Passa batom, passa batom, passa. Com o lábio polpudo assim, tem mesmo que ser dito mais de uma vez. O batom passa, passa e o lábio falta, falta. Não tem importância, não tem. Cadê o perfume? Não encontra, não acha. Procura, procura. Será que tinha um cheiro diferente? Cheirou o próprio braço. Tinha sim. Cheiro de calor, a pele queimada ardia a vida. E ia arder a vida toda, por isso cheirava assim, quente, cálida. Trancou o cabelo em trança. A mão trança, trança e o cabelo espalha, espalha. Prestou atenção no espelho. Teve um leve rubor por ver que era bonita. Engraçado ter tanta graça. Era segunda-feira, já tinha dito à vizinha que não importava. Não tinha importância. Semana passada ouviu: não, não, não. Enquanto a terça viesse depois da segunda, não importava. Mas antes de sair de casa faz o sinal da cruz, agradece, agradece. E beija o retrato da mãezinha, a bênção mãe, bênção. Quando chegou mandaram que esperasse numa sala. Sala grande, grande, grande. E o relógio na parede com o ponteiro doente, doído, que demora, demora. Chegou sua vez. Qual a experiência na área? Por que optara por este ramo? Qual sua pretensão salarial? Muito obrigada, obrigada. Hum. O moço lhe olhou comprido. As mãos suadas juntinhas, mas escondidas debaixo da mesa. Só isso? Obrigada. Saiu de lá, muito obrigada. Esperou o ônibus que atrasa, atrasa, atrasa. Desceu a ladeira, chegou à porta. Finalmente em casa. Respirou, em casa.

Chorou. Chorou, chorou. Encolhida e tão bonita se deixou chorar baixinho. Sentou na cama, surpreendeu a mulher no espelho. Triste. Era triste? Isso passa. Passa tristeza, passa tristeza, passa. Limpou, sacudiu a cabeça, não importava. Fazer a janta. Tirou o batom, desfez a trança. Começar pelo molho. Cebola, tomate, alho. Colher de pau é melhor pra saúde. Mexe, mexe, mexe. Uma lágrima solta tempera a mistura, não importava. Enquanto viesse a terça depois da segunda, não tinha importância.

QUARTA PARTE
ESCOMBROS

ESCOMBROS

É quando, logo depois de tudo desmoronar, sobe aquela poeira branca que sentimos uma tímida sensação de alívio. Tímida por cordial respeito ao número de talvez feridos, por respeito ao poder invisível da morte. Alívio porque afinal sobrevivemos. Mas escondida, soterrada nos escombros que temos por dentro, faísca uma felicidade de quem reconhece o seu lugar, de quem é feito de caos e queda. Cúmplices do pós-destruição. O rosto inexpressivo tem na verdade mais íntima a vontade de sorrir, os olhos foscos têm, por trás da camada de cal, um brilho quase insano de quem chegou perto demais de uma verdade.

JAQUETA DE ESCOMBROS PRA TRABALHAR

Vestiu sua jaqueta de escombros e saiu de casa. Lembrava-se das palavras que havia escrito aos sete anos, lembrava-se melhor ainda da expressão da mãe ao lê-las: o que você quis dizer com jaqueta de escombros, filha? Ela não sabia. Desde tão cedo estava fadada a não alcançar o que queria dizer. Não sei, mãe... Parece que a palavra combina, uma coisa assim pesada, como quando você sai triste pra trabalhar.

Essa sua filha tem mania de jornal, não é bom uma criança tão pequena entender de tragédias. Mas ela não entendia. Nunca entendeu de tragédias. Mesmo depois, já adulta, continuava a não entender. Com a boca balbuciava em uníssono com o coro alheio já ensaiado... que coisa... tragédia! Meu Deus, onde vamos parar? Mas por dentro repetia: "Por quê? Por quê? Por quê?". O problema é que a mãe sempre obedecia a ele, sempre. Vai ver tinha medo de perdê-lo também. Mal sabiam os dois que ela conseguia transformar: "Tragédia no Bairro Manguari — vinte e quatro horas após o desabamento do Condomínio Vila Mariano continuam as buscas por corpos nos escombros" em: Vestiu sua jaqueta de escombros e saiu de casa. Mas o dia lá fora era tão bonito que nem precisou mais de agasalho.

Foi naquela noite que a mãe lhe explicou o que escombros significavam:

— Escombros são ruínas. Quando alguma coisa é quebrada ou destruída o que sobra se chama escombro.

— A minha boneca que perdeu a perna é agora um escombro?

— Mais ou menos, filha, tem mais a ver com casas, construções...

— Então é como a minha maquete pra aula de história do bimestre passado? Eram casas inteiras, mas foram pro lixo e então viraram escombros?

— Pode até se dizer que sim, mas cabe melhor pra coisas de verdade.

— Minha maquete não era de verdade?

O padrasto interveio: — Procura no dicionário, Mafalda!

escombros

(espanhol escombro) s. m. pl. O que resta de uma demolição ou desabamento. = DESTROÇOS, ENTULHO, RUÍNA

A partir daquele momento ela passou a enxergar a palavra diferente, ou melhor, passou a vê-la como todos corretamente viam. As palavras tinham um motivo de ser, e era coisa de criança querer inventar um sentido. Escombros eram as coisas no fim, pedaços cansados do que já haviam sido. Escombro era o pó carregado de história já pronto pra não ser mais nada. Mafalda não tinha mais medo de usar a palavra do jeito errado, agora sabia exatamente o que ela queria dizer. Seu medo era viver em escombros. Não sabia explicar com essas palavras, mas o que temia era deixar cair em escombros o seu coração.

O MUNDO EM PRETO E BRANCO

— E você, menina, qual é o seu nome?

— Mafalda.

— Como?

— Ma-fal-da.

— Que nome de gente velha!

As meninas do parquinho eram sinceras porque crianças, e cruéis porque riam. É curioso como aos oito anos você pode já gostar do sentimento de ferir alguém. Não conheço os estudos sobre, devem existir aos montes, me diga você se for estudante das profundezas do homem-criança. Mafalda voltava para casa chorando, a mãe lhe explicava assim: — Todas as pessoas têm um anjinho e um diabinho. Um mora no ombro esquerdo e o outro no direito, essas meninas que são más com você só dão ouvidos ao diabinho e isso é muito mau. Se você quer ser uma menina boa e feliz tem que ouvir o anjinho.

Mas a pequena menina não conseguia entender. Como poderia ser feliz ouvindo apenas o anjinho se no fim do dia aquelas meninas iam para casa rindo e ela ia para casa chorando? E a pior parte é que não lhe davam nem tempo de explicar: — Era o nome da minha avó! E minha avó era uma estrela de cinema. Morreu muito jovem, mas é bom assim porque ficou bonita pra sempre.

Mafalda tinha muito orgulho de dividir o nome com a avó. Tinha herdado — pediu muito, muito e a mãe cedeu, achou bonita essa afeição por uma avó desconhecida — a única fotografia que restara. Em branco e preto.

— Mãe, por que a foto é em branco e preto?

E a mãe com pressa não soube lhe explicar direito e sem querer fez com que Mafalda criasse um mundo fantástico ao redor da avó:

— Naquela época não tinha cores.

Imagina um mundo sem cores! Evidente que a mãe se referia exclusivamente às fotografias, mas Mafalda imaginava um mundo inteiro dentro das nuances que existem entre o claro profundo e o mais denso negro. Era de se esperar que achasse isso muito triste, que criança não ama cores? Mas isso intensificava o mistério sobre a vida e a morte daquela Mafalda primeira.

Sabia que a avó havia levado um tiro. Nunca lhe contaram, ninguém explica às crianças direito essas coisas de morte. Ouviu certa vez o padrasto e a mãe conversando:

— Eu já te pedi tantas vezes... Você sabe que eu tenho medo... — quase não reconhecia a voz da mãe, era voz de choro.

— Medo? Mas é exatamente pra segurança!

— Você sabe por quê, você sabe o que aconteceu. E se Mafalda encontra e acha que é brinquedo?

— Sua filha nunca mexe nas minhas coisas, mal entra no nosso quarto. Vamos, Clarice, não seja tão fraca. Você sobreviveu! Sua mãe tinha aquelas histórias, não foi um tiro sem razão.

A mãe nem viu a menina parada atrás da porta quando rasgou o corredor chorando. Mafalda não entendera muito bem a conversa, mas agora sabia: sua avó morreu de tiro. Tinha uma palavra ainda pior, que deixa tudo muito mais sério: assassinada. E desde aquele dia, volta e meia se pegava imaginando: a avó linda como sempre foi, saindo de um carro muito chique. Vestia um vestido longo, claríssimo, de um tecido que parecia água. Tinha um lenço na cabeça que a fazia parecer uma santa. Nos lábios um sorriso largo e um batom escuro. E quando o salto do pé esquerdo encontrasse o chão, bum. No meio do peito o tiro. E como a avó vivia num mundo sem cor, o sangue que hoje a gente sabe ser vermelho brotaria negro e infinito, manchando pra sempre o branco do vestido.

O ABAJUR DE ESMALTE VERMELHO-ESCURO DESCASCADO

Quando estava em casa, Mafalda raramente saía de seu quarto. E não era só uma questão de reclusão, parecia sempre que ganhar os cômodos comuns da casa era muito difícil. O padrasto fazia consertos e por isso a casa vivia entulhada de coisa que não era deles. Caixotes obstruindo as passagens e aquela quantidade imensa de objetos doentes esperançosos por uma segunda chance.

Existia na casa um quarto que era destinado para os consertos, o quarto que um dia fora de seu irmãozinho, mas o padrasto não respeitava os limites das quatro paredes designadas para suas tarefas, não, tomou a casa. Espalhou por todos os espaços suas tralhas e para ela, que era tão pequena, ficava realmente muito difícil, muito. Não bastava a presença dele, que já era gigantesca e amedrontadora, tinha ainda que conviver com os olhos tristes das coisas sem conserto.

Já sabia dizer o que ainda tinha salvação e o que não tinha e não conseguia controlar a pena que sentia. Teve uma vez um abajur de esmalte vermelho-escuro descascado, a cúpula de feltro já bem amarelada, com manchas até, mas sabia que o abajur tinha sido muito bonito na juventude. Não era tola, sabia que as coisas não tinham propriamente velhice e juventude, mas era um bom jeito de explicar. Aquele abajur ficou a semana toda no canto da sala perto do janelão que dava para a sacada, talvez planejasse suicídio. Não tinha coragem de olhá-lo, era como se ele lhe suplicasse um diagnóstico, e o pior de tudo é que ela sabia que estava desenganado.

Foi numa tarde de muita chuva, depois de voltar da escola, que aconteceu: precisava fazer as tarefas e o padrasto tomou-lhe o quarto para trabalhar. Ele era um homem sem respeito. O quartinho de consertos estava transbordando por conta do conserto de um guarda-roupa e o homem instalou-se no quarto da menina sem permissão nem hesitação. Para Mafalda não parecia existir um sequer canto da casa que pudesse lhe pertencer. Tinha o pequeno caderno amarelo de tarefas nas mãos e as narinas dilatadas de uma fúria de menina. Foi instintivamente acomodando-se no canto da sala próximo ao janelão da sacada. Aquele dia não podia ser pior, não? E aquela chuva? O dia parecia noite, precisava de luz para enxergar o caderno. Sem pensar no que estava fazendo ligou o abajur de esmalte vermelho-escuro descascado e, quando foi iluminada por sua luz amarela, foi como nas historinhas que lia onde uma lâmpada acende na cabeça quando alguém tem uma ideia. Olhou pasma para o abajur, largou o caderno de tarefas no chão, mas a luz não estava mais lá. Você estava morto, não estava? O abajur não lhe respondeu nada. Não conseguia conter as sensações daquela revelação. Então nem tudo que está morto realmente morre.

Mais tarde, naquele dia, tentou contar à mãe o acontecido, mas ela afirmou que a menina devia ter imaginado, ou que fora um relâmpago. Quando o padrasto jogou o abajur no lixo, Mafalda chorou em silêncio.

NA MORTE ERA MAFALDA

Mafalda Amelinda dos Reis. Não era um bom nome pra uma artista, vai ser só Linda Reis. E foi. Tinha aquele rosto lindo que as mulheres hoje em dia não têm mais. Fez duas novelas, um filme no estrangeiro e morreu. Teve uma filha, sete amores errados e morreu. Era bonita demais, jovem demais pra saber e morreu. Teve um neto e meio, levou um tiro de amor e morreu pra sempre.

Engravidou aos dezessete anos do terceiro grande amor. Era daquelas pessoas que já nascem apaixonadas, fingindo que sofrem, fazendo os outros sofrerem de verdade. Apaixonada de verdade ela era por si mesma, e quem a condena? Não era uma pessoa má. Teve uma daquelas histórias curtas e invejáveis, de quem viveu muito em pouco. Em branco e preto. Muitas vezes em câmera lenta, filmada lá de cima, como se fosse viajada do céu.

Na sua última grande cena não viu a arma nem a bala nem o sangue. Sentiu o baque morno no peito que lhe fez contrair os ombros, como quando se quer se proteger da solidão, viu tudo ao seu redor desmoronar, como se não só ela estivesse indo embora, mas o mundo todo. Os prédios caíam, curvavam-se em reverência à grande Linda Reis. Mas não, na morte ela era Mafalda Amelinda dos Reis, agradeceu a gentileza do público, jogou a cabeça para trás e morreu sorrindo.

DAR LICENÇA E FICAR FELIZ

Como podem os dias ser todos iguais? Sabia que existiam a segunda, a terça, os fins de semana, o meio e feriados, mas mesmo assim, para o seu gosto de menina de nove anos, achava que tinha qualquer coisa de muito igual em todos. Tinha a ver com algo que a professora tinha dito se chamar "rotina".

Logo na primeira aula fez todos os alunos montarem uma tabela de rotina. Era mais ou menos assim: colocava no alto da página os dias da semana, no canto esquerdo da folha escrevia: manhã, tarde e noite, e completava o quadro escrevendo as coisas que fazia. Algumas eram obrigatórias, por exemplo: escovar os dentes, comer, estudar. Acordar e dormir também eram obrigatórios, Mafalda ficou pensando que se a gente não acorda não tem rotina. A avó em preto e branco não precisava de uma tabela, e cada dia devia ser muito diferente para ela agora.

Quando a professora passou para conferir os trabalhos não entendeu uma das tarefas de Mafalda:

— O que você quis dizer com "dou licença"?

— Todo dia, logo quando escurece, meu padrasto tem assuntos muito importantes pra resolver e me pede pra dar licença.

— E a sua mãe? Também dá licença ou fica com ele?

A menina teve que pensar em pouco. Respondeu:

— Minha mãe está sempre de licença.

Dar licença era uma coisa obrigatória também, mas era diferente porque era algo que se fazia pros outros. Dava licença e ficava triste. Acabava se sentindo uma má menina, na escola já tinham ensinado que quando a gente faz coisas pelos outros, deve ficar feliz.

NO ANDAR DE CIMA TEM O CÉU

É uma memória tão antiga, e ela era tão pequena, que parece nem fazer parte da sua vida. Eles ainda moravam na casa grande. Tem poucas memórias de lá, mas as poucas que tem são fortes, vivas e parecem fazer parte de um sonho.

Lembra sempre de ser verão e na árvore enorme do quintal pendia um balanço. Fecha os olhos e consegue enxergar: tenta subir no brinquedo, mas é pequena demais para conseguir sozinha. A mãe está ocupada cantarolando na cozinha, sente cheiro de erva-doce, desiste do balanço e numa disparada própria de criança corre até a porta de entrada. A mulher que está preparando um bolo lhe sorri e diz: Vem dar bom dia pro seu irmãozinho! Mafalda se aproxima da barriga da mãe e a beija.

O vestido que a mãe usava, lembra-se do toque macio, era bom senti-lo contra os lábios. Costumava fazer tanto sol naquele tempo, só tem lembranças solares. Era preciso até espremer os olhos, tamanha luz. A casa grande tinha dois andares, gostava de subir as escadas de quatro, os joelhos, depois as mãos, os joelhos depois as mãos, o tapete era fofinho e segurado por uma barra de metal dourado em cada degrau, era bonito de olhar bem de perto.

Não consegue lembrar muito bem da parte de cima da casa, por isso acha que acabou por inventar essas lembranças, ela sabe ser impossível, mas quando pensa no andar de cima é como se ele não tivesse teto e ao olhar para o alto via o grande olho azul do céu. Essa é a parte da lembrança que começa a ficar embaçada. Aquele cômodo era real ou inventado? Uma salinha pequena de madeira e um janelão de vidro enorme, só com uma escrivaninha, cadeira e máquina de escrever. Entra nesse cômodo e encontra o pai. Sentado, de costas, com as mãos tapando o rosto. Os pais podem chorar. Ele se vira e a luz do dia é tão forte que fica impossível lhe desvendar o rosto. O homem magro a pega nos braços e a criança adormece.

É isso que Mafalda lembra sobre seu passado. Sabe algumas outras coisas, mas saber não significa lembrar, não guardou na memória. Anos mais tarde perguntou à mãe o que acontecera com a casa grande, alguma outra família morava lá? A mãe respondeu que não, a casa fora demolida. Escombros da casa grande, ruína. A menina ficou pensando que devia ter sido muito mais fácil demolir uma casa que já não tinha teto.

É COMO MEU IRMÃOZINHO

A escola era uma coisa curiosa para Mafalda. Gostava de andar pelos corredores porque não tinham aquele monte de coisas pelo chão como na casa. Era tudo limpo e intocado, não existiam fantasmas de coisas quebradas pesando o ar, só o chão muito lustro, as paredes muito brancas e as coisas numa simplicidade virginal. Gostava de ver as pessoas, muitas crianças, mais velhas e mais novas que ela, ainda não podia chamar nenhuma de amiga, mas isso viria com o tempo, com certeza.

Tinha que ser sincera, não gostava da professora, não era nenhum ódio, nada disso. Só não conseguia gostar dela, ela não era mulher para ser gostada. Não era feia, mas parecia muito irritante chegar perto dela. Tinha sempre umas roupas de cor nenhuma, e uns olhos secos. Não era brava, nem gritava com os alunos como a professora gorda da quinta série, mas às vezes Mafalda achava que seria melhor que gritasse, porque assim poderia odiá-la, mas daquele jeito não dava em nada. E o nada era um incômodo.

Nos fundos da escola tinha um gramado, e no gramado um parquinho em eterna construção. — Ele sempre esteve em obras — ouviu alguém dizer. Estava incompleto, abandonado. Pedaços de madeira recostados pelos cantos, latas de tinta já enferrujadas sob uma lona laranja. Será que aquilo também era um escombro? Destroços, entulhos, ruína. Era um pouco como as coisas em sua casa que imploravam conserto, mas era diferente. Ali as coisas não tinham tido nem o direito de nascer, lhes foi arrancada a promessa de vida, acabaram ficando ali sendo uma coisa que não se é, que não tem função. Mas sua presença é inegável. Impossível ignorar a existência daquilo, mesmo que ele não exerça função de existir. Mafalda pensou: foi assim com meu irmãozinho.

O PAI SEM ROSTO

Lembra perfeitamente do dia em que conheceu o padrasto. Aliás, ele nem tinha esse título de padrasto, era melhor quando ele era só um nome. Só o homem que conversava às vezes com a mãe. Quando a mãe estava com o pai sabia o que era aquilo, era amor. Tinha certeza que era, mas tudo começou a dar errado...

Costumava pensar que as coisas começaram a cair daquele jeito — ficar em ruínas — quando o pai morreu. — O seu pai não morreu, ele se matou! — a mãe lhe gritara certa vez, e logo depois começara a chorar compulsivamente. Mas as coisas já estavam ruins muito antes disso, já andava em escombros a vida do pai. Não conseguia sentir raiva, porque ele devia estar mesmo muito triste, mas será que não pensou nelas? O prédio que caiu no bairro Manguari machucou também os prédios vizinhos.

Mafalda não entendia de tragédias. Por quê? Por quê? Por quê? Já estava tudo tão ruim que foi muito fácil aquele outro homem entrar nas suas vidas sem ser notado. É que a mãe ainda era muito bonita, herdara alguns traços de artista de cinema. Tinha uma beleza mais velada, não era como a da avó da foto, beleza que chegava a causar desconforto, Clarice tinha uns olhos sonolentos de gatinha, um sorriso frouxo meio bobo, nariz de quem suspira muito. É que a beleza da mãe vinha do espírito, quando era feliz, era linda.

Hoje não se sabe. O cabelo lhe cai na cara, esconde os olhos que ficaram mais sonolentos e menos de gatinha. A boca criou vincos pra baixo como a de uma marionete. Engraçado como o corpo responde. Só faltava ter criado as cordas também, que lhe controlavam os movimentos. Ele gostava de brincar de marionete com a mãe no princípio. Vamos, Clarice, levante o braço esquerdo, faça uma reverência, linda boneca. Cansou do brinquedo, não existe coisa mais triste do que marionete abandonada. Mas quando ela ainda tinha qualquer sopro de vida foi que ele se infiltrou. Puxou-lhe as vísceras.

Pra uma cabeça de criança tantos acontecimentos às vezes perdem o sentido e a ordem cronológica. Teve a morte do pai, teve o dinheiro que acabou, teve esse homem novo, teve a morte do irmãozinho, teve a morte da avó. Não queria pensar muito agora, agora não, outro dia talvez.

Ela era só uma menina. E tantas coisas aconteciam, tantas que não deveriam preocupar uma criança. É isso que acontece quando não se tem ninguém pra olhar por você, a mãe vivia numa tristeza sem fim e não dava conta de uma tristeza alheia. Uma criança pode ser triste? Na pior das hipóteses. Mas é aí que ela deixa de ser criança. Foi mais ou menos com oito anos que teve que aprender uma coisa que algumas pessoas não aprendem a vida toda: interpretar silêncios.

Pôde contar nos dedos as palavras que trocou com o padrasto. Ele lhe falava com os olhos e raramente tinha coisas boas para dizer. A mãe era camareira de um hotel, acho que era isso, o que fazia com que Mafalda passasse três horas do dia inteirinhas sozinhas com ele. É tempo demais. Para uma criança isso é tempo demais.

Ele estava sentado na sala assistindo televisão, tinha os dedos sujos de tinta, resultado do conserto de um móvel de cabeceira. Ela sentou ao seu lado, normalmente não o faria, não sabe o que aconteceu aquele dia. Estava inquieta, mas de um jeito bom. Aquilo era felicidade? Quando não se consegue ficar parado sem motivo aparente, querendo se mexer, falar, expelir vida.

Sentia muita vontade de conversar, queria fazer como as meninas do colégio que não paravam de falar um segundo. Queria ter qualquer coisa pra dizer. Lembrou que as meninas da sua sala naquela tarde combinavam entre elas um jantar que iria acontecer naquela noite, ela não fora convidada. Pizza! Elas comeriam pizza. Mafalda nem gostava, mas parecia tão divertido, elas falavam tão eufóricas, só podia ser uma coisa mesmo muito legal.

Teve a ideia então, era sobre isso que falaria com o padrasto! Era um assunto alegre e se funcionou com as meninas da sua sala talvez funcionasse com ele. — A gente podia pedir uma pizza hoje, né? — Parecendo pela primeira vez no dia, na vida, notar a presença daquela menina, o homem lhe virou os olhos e Mafalda soube. Aquele homem não gostava dela. Na verdade, aquele homem sentado do seu lado a detestava. O homem que dormia com a mãe, que lhes roubara a casa, que lhes sufocava a vida, aquele homem parado na sua sala vendo televisão.

Ela não teve coragem de dizer mais nada. Pareceu-lhe tremendamente estúpido o que acabara de fazer. Ele já lhes dava comida. Ele quem lhes deu um teto. Ele era o homem da casa. Pizza. Que ideia horrível. Como podia ser uma menininha tão burra?

Foi de constrangimento que saiu da sala na ponta dos pés, engolindo as lágrimas quentes que lhe brotavam nos olhos. Avançou para dentro do quarto, abriu a janela e pôs o corpo para fora o máximo que pôde, com o rosto voltado para o céu. Espremia muito os olhos porque não queria ver nada, queria só sentir o clarão do céu iluminando-lhe a face — uma casa sem teto —, engolia o choro e sem perceber pensava no pai sem rosto.

O INSETO DESCOBERTO

Acordou com esforço. Tinha disso também. Às vezes sentia que ficava presa num sonho. Sabia estar dormindo, sabia já ser manhã, o cérebro tentava dizer: Acorda! Acorda!, pra logo em seguida se contradizer: Não, ainda não.

Certa vez falou sobre isso com a psicóloga da escola — a faziam frequentar uma vez por semana a salinha pálida. Achavam que, para uma menina de onze anos, era muito, qual era a palavra? Introspectiva. A mulher lhe dissera que era normal, acontecia.

— Já aconteceu com a senhora?

— Não.

Ao finalmente abrir os olhos voltou devagar a cabeça para o lado direito e viu uma aranhinha na parede. Precisava tirá-la dali. Tinha pena e um pouco de nojo de matar, mas seria difícil fazê-la cooperar.

Aranha burra, pensou. Eu não quero te matar, mas não podemos ficar assim como amigas, o que é que você me sugere então? Ficou encarando o bicho que parecia não estar lhe dando ouvidos. Foi então que percebeu: devo ter passado a noite inteira com essa aranha no quarto e nada me aconteceu, sou a mesma Mafalda que foi dormir ontem sem saber de aranha nenhuma. E só porque agora eu sei que ela existe tem que ser assim? Talvez nem seja a primeira noite que ela me faça companhia. O inseto descoberto. Não sabia ainda muito bem para que aquela ideia servia, mas resolveu mantê-la na cabeça e deixar pra descobrir depois.

E teve aquele dia

Acordou com febre. Devia estar mesmo muito doente, porque se lembra de ter acordado três vezes. Na primeira vez era escuro lá fora, ficou confusa, tentou levantar e sentiu como se alguém tivesse lhe atingido na cabeça. Na segunda vez quando tentou abrir os olhos sentiu-os quentes. Conseguiu ver que a luz do abajur estava ligada, havia uma mão em sua testa e uma voz de homem chamando pela mãe. Teve um estremecimento, era a voz do pai. Sentiu as lágrimas nascendo por trás dos olhos, mas antes que pudesse dizer algo uma tontura. Adormeceu.

Finalmente conseguiu despertar. Era dia, claro e nublado. A neblina descortinando a vista. A mãe estava sentada em sua cama, sentiu um perfume bom de erva-doce. Tinha um pano frio na testa.

— Fadinha, que susto vocês nos deu. — Fazia tanto tempo que a mãe não a chamava assim. Mafalda, Mafaldinha, Fadinha.

— Onde o papai foi?

A mãe ficou confusa, ela estava perguntando pelo padrasto?

— Não, o papai. O meu pai. Onde ele está? Eu ouvi a voz dele.

A mãe olhou a menina com o olhar mais triste que seus olhos puderam desenhar.

— Você estava com muita febre, deve ter delirado. Fadinha, você sabe que o papai morreu.

Talvez fosse a febre, talvez porque a mãe a chamava pelo apelido que gostava tanto, teve coragem. Era como se tivesse mesmo poderes mágicos e pela primeira vez em muito tempo não se sentia esmagada naquela casa. Pela primeira vez em muito tempo não teve medo de perguntar.

— Mãe, o que aconteceu com o meu pai? Ele se matou mesmo? Por que você nunca fala dele? Por que eu não posso nem ir ao cemitério? É lá que ele está agora, não é? Tem uma menina na minha sala que não tem nem o pai, nem a mãe, mas ela sempre leva flores pra eles. Por que eu não posso levar flores pro meu pai? E o meu irmãozinho? Você nunca nem quis me contar qual ia ser o nome dele, e eu já tinha pensando em um monte de nomes que eu acho bonito. Um dia ele estava quase existindo, e depois foi como se eu tivesse inventado tudo.

Quando acabou de falar Mafalda tinha a boca desértica. Secos também os olhos, sentia o corpo todo retumbar junto com as batidas do coração. Foi quando viu o padrasto ao pé da porta.

— Ernesto... — a mãe lhe chamou.

Foi então que os acontecimentos misturam-se a um delírio febril. A neblina lá fora, pó branco espesso. Talvez a febre aumentando, não parecia estar em seu próprio corpo. O padrasto e a mãe sentados em sua cama, a voz dele, as lágrimas dela. Que história era aquela? A poeira branca que sobe depois de tudo desabar. A gravidade daquela fala pesava mais do que o ar. Foram dois tiros. Foram dois. Uma bala na barriga, a outra na cabeça. Três vidas pra serem tiradas com dois tiros. Era como se os ouvisse dentro da cabeça. O tiro que matou a avó deve ter soado diferente. Ela era muito pequena, estava no quintal, passou uns dias na casa vizinha. Sim, a casa do lado. Então a mãe sobreviveu. O teto era um quebra-cabeça. Peça por peça era atingida. Os olhos quentes, a boca seca. Ruínas, destroços. Adormeceu mais uma vez.

Era estranho o que sentia, finalmente, o último andar no chão. Era muito ruim que sentisse quase conforto? Acomodou-se entre uma viga partida ao meio e uma pilha de tijolos, não se pode mais cair, não se pode mais. Viu uma parede intacta. Como se tivesse sido construída agora. Uma aranha na parede, o inseto descoberto. A verdade sempre estivera ali, e assusta quando a descobrimos, mata! Matar não faz com que ela deixe de ser o que já se foi, matar, ou deixar viver, só muda o que pode vir. Eu continuo a mesma Mafalda que foi dormir ontem, mas agora sei.

O OVO

Esperei até ter certeza de que estava sozinha em casa. Ernesto saíra para comprar pregos, nem desconfiava que, esporádica e sorrateiramente, eu sequestrava alguns de sua caixa de ferramentas. Sentia como se os tivesse salvando, pregos, parafusos e umas coisinhas que não sabia para que serviam. Ser prego de coisa quebrada. Aparentemente conserta, mas difícil ser o que era antes, difícil. Fica uma coisa diferente. A mãe disse que ia lá, mas já voltava. Não dei ouvidos, já estava na euforia de poder praticar minha solidão.

Peguei um ovo. Não, pegou o ovo. Não porque era o único, mas porque parecia o certo. Vai ser difícil explicar este episódio desvinculando-o do que superficialmente parece ser: curiosidade infantil. Era mais. E este mais está no sentimento que me contaminou no antes, o que me invadiu no durante e o terceiro, que me acompanhou no depois, pra sempre.

Descrever o ato, ele assim cru, como uma câmera faz, é matá-lo. Então que morra de uma vez: esmaguei um ovo em cima da mesa com a palma da mão.

Não sei dizer por que precisava fazê-lo. Sabia o que tinha dentro dos ovos, sabia de conhecimento sabido e de conhecimento vivido. Sabia também de onde eles vinham e em que podiam se transformar. A motivação veio de algo não reconhecido, aceitei o impulso.

Quando ouvi a porta sendo trancada pelo lado de fora senti o coração pular no peito. É agora. Fui até o banheiro, instintivamente encarei o espelho, esfreguei as mãos. Confirmou comigo mesma: sim? Sim. Fui até a cozinha, abri a porta da geladeira, peguei o ovo. Gelado. A casca tão lisa. Olhei-o bem de perto. Branco. Como tão perfeito? Era impossível conceber que nascesse já assim, sem falhas. A falha estava por dentro. Ovo na mesa, tombou para o lado. Era uma pena, porque queria atingir-lhe no topo. Mas assim também servia, o surpreenderia dormindo. A palma desceu reta.

Não era mais perfeito. Difícil de admirá-lo com o mesmo olhar. Senti as pontas dos fragmentos de casca. Senti o molhado frio da gema e da clara. Via mais cores, não era mais branco intocado. O cheiro, agora tinha cheiro também. Quanta coisa nasceu daquela destruição, é cheiro de ressurreição. Os escombros mais bonitos que já vi.

Eu escrevo pra me salvar das coisas todas que se acumulam na minha cabeça e precisam de um túnel de saída. De fuga. Um túnel de fuga. Um túnel mágico de fuga porque no final elas já se transformaram em outra coisa. E eu me esforço pra limpá-las, poli-las no caminho, mas no momento em que eu consigo pegar alguma na mão, pra dar brilho, já as marco com a minha própria ferrugem e isso fica pra sempre. Eu escrevo porque foi uma das coisas que me disseram que eu faço de melhor. Nisso a gente acredita, nos outros. E veio bem a calhar porque era uma coisa que eu gostava de fazer de qualquer jeito, às vezes as coisas se encaixam, combinou sabe? É uma coisa que eu faço por mim e pelos outros, muita sorte a minha. Eu escrevo porque é uma boa desculpa pra procrastinação. Tenho toda a licença do mundo pra parar o que estou fazendo apoiada na justificativa "espera aí que eu estou me descobrindo!". Eu escrevo morrendo de medo de acabar apagando. Ou de não dar em nada, o que é a mesmíssima coisa, porque a gente vai ajeitando tudo como quem molda argila, e põe um esforço sofrido nisso, molda, molda, molda, pra ter pelo menos um vaso bonito. Mas sempre corre o risco de acabar com o mesmo punhado de argila do começo, que não diz nada. Eu escrevo porque isso me deixa nervosa. Eu fico inquieta como estou agora e é maravilhoso se sentir horrível assim. Eu escrevo principalmente hoje por motivo nenhum, e sempre o que eu escrevo "hoje" é a coisa mais importante de todas. Foi com extrema urgência que comecei a escrever neste exato momento, porque entrou um raio de sol muito decidido no meu quarto me perguntando qual o motivo que me fazia escrever. Como era uma emergência achei que era bom responder logo e agora já estou muito cansada. Dizer exatamente o que se quer dizer é tarefa de exaustão. Mais tarde, quando eu estiver menos urgente, descubro se isso tudo que eu escrevi ficou bom o bastante pra se pôr um punhado de flor.

PARA CONSULTAR NOSSO CATÁLOGO COMPLETO
E OBTER MAIS INFORMAÇÕES SOBRE OS TÍTULOS,
ACESSE WWW.TERCEIROSELO.COM.BR.

ESTE LIVRO FOI COMPOSTO EM FONTES ARNO PRO
E FLORENCESANS E IMPRESSO NA GRÁFICA PALLOTTI,
EM PAPEL PÓLEN BOLD 90G, EM SETEMBRO DE 2015.